KB040860

나무 탐독

나무탐독

박상진 지음

샘터

다시 열어보는
나무 세상

우리 주변에는 수많은 나무가 있다. 집을 나서면서 제일 처음 만나는 것들도 대부분 나무다. 정원수로, 가로수로, 크고 작은 숲으로, 또는 화분의 나무로 언제나 우리 곁을 지켜준다. 계절 따라 수수하지만 정갈한 옷차림을 할 줄 아는 멋쟁이기도 하다. 그래서 세상이 아무리 복잡해지고 바쁘게 돌아가도, 나무는 우리에게 편안함을 안겨주는 가장 정겨운 이웃이다.

나는 대학에서 전공으로 나무속의 세포를 들여다보는 일에서 부터 나무와 첫 인연을 맺었다. 차츰 나무로 만들어진 문화재에 관심을 갖게 됐고, 다행히 해인사 팔만대장경판, 공주 무령왕릉의 관재 등 나무로 만들어진 문화재의 재질을 밝히는 일을 내 손으로 할 수 있는 영광도 얻었다. 손톱 크기의 작은 나무 조각 하나에서 역사의 비밀을 밝혀줄 실마리를 찾아냈다는 사실은 보람 그 자체였다.

주말 나들이로 시작한 고목나무 찾아다니기는 나무를 새롭게 바라보는 계기가 됐다. 생명이 다할 때까지 한자리를 지켜야 하는 나무는 이야기에 보탬이 없고 거짓이 없다.

고목나무는 짧아도 수백 년 길게는 천년의 이야기를 품고 있다. 삶의 흔적을 찾을 수 있는 살아 있는 '나무 문화재'이며, 거기에는 역사와 문화가 서려 있다. 나는 고목나무를 비롯한 수많은 나무와의 만남에 식물학적인 특성뿐만 아니라 우리 역사와 문화 속에서 찾아낸 이야기를 입히는 일에 빠져들었다. 나무 문화재의 세포 연구에서 출발하여 살아 있는 문화재까지 관여하게 된 셈이다. 그렇게 어느덧 나무와 함께한 세월의 길이는 반세기를 훌쩍 넘겼다.

작년 가을 조그마한 산문집을 하나 만들자는 제안을 받았다. '산문은 가볍게 읽을 수 있으면서 책장을 덮으면 무언가 울림이 있어야 한다고 믿어왔는데 과연 내가 나무를 주제로 읽을 만한 글을 쓸 수 있을까?' 한참 동안 망설였다.

우선 지금까지 써온 글을 훑어보기로 했다. 나는 그동안 나무에 관심 있는 분들이 나무에 쉽게 다가갈 수 있게 많은 글을 써왔다. 출간한 단행본은 물론 신문이나 잡지에 실은 글과 미발표 글까지 새롭게 들춰봤다. 나무와 함께 살아온 긴 세월의 인연들 속에서 독자들과 함께 나누고 싶은 내용들을 여기저기서 찾을 수 있었다. 나무를 통하여 내가 얻었던 세상살이의 소소한 이야기들까지 끄집어내고 싶다는 욕심이 생겼다.

《나무 탐독》은 오래전부터 각종 매체와 신문 칼럼 등에 기고해온 내용을 바탕으로 했다. 그러나 기존 글들은 매체의 성격이나 형식에 얽매여 있어, 그 점에서 벗어나고 싶었다. 좀 더 자유롭게 나의 경험이 들어간 글로 다시 쓰기로 했다. 연구를 하면서 부닥쳤던 어려움, 대학에서 강의하며 마주한 학생들과의 일화, 나무를 통해 본 사회현상의 부조화 등을 형식에 구애 없이 이야기하고자 했다. 아울러서 새롭게 찾아낸 내용을 보태고 논란이 있는 부분은 한 걸음 더 깊이 들어가 보다 구체적으로 알아보기도 했다.

이 책은 편의상 5부로 나누어 이야기를 풀어나간다. 1부 '나무, 찾아 떠나다'에는 반평생 나무를 쫓아다니면서 느낀 일상의 이야기들을 담았고, 2부 '나무, 새로움을 발견하다'에서는 흔하디흔한 나무지만 우리가 그동안 몰랐던 새로운 관련 정보들을 제공하고자 했다. 3부 '나무, 추억을 기록하다'는 직접 경험한 추억의 나무들에 대한 단상이 중심이다. 4부 '나무, 역사와 함께하다'에는 연구를 통해 밝혀낸 나무와 관련된 역사·문화적인 사실들을 풀어냈으며, 5부 '나무, 그늘을 만나다'에는 나무를 통해 투영한 사람살이에 대한 생각들을 담아냈다.

모든 분들이 이 책을 통해서 나무를 사랑하고 좋아하는 마음을 가다듬어보는 계기를 만났으면 한다.

2015년 10월
박상진

차 례

4부
나무, 역사와 함께하다

5부
나무, 그늘을 만나다

1부
나무, 찾아 떠나다

대학교수의 연구실을 부러워하는 사람들이 많다. 조용히 책이나 읽고 생각을 정리할 수 있는, 축복받은 공간이라고 알려져 있어서다. 그러나 이제는 사정이 달라졌다. 경쟁적으로 논문과 보고서를 써야 하고 각종 회의에 시달리며 학생 취업 지도까지 연구실을 근거지로 이루어진다. 웬만큼 신경 줄이 굵지 않고서야 흔한 말로 스트레스에 시달리기 마련이다. 잠시 모두 잊어버리고 어딘가로 떠나고 싶어진다.

우묵사스레피나무

개발로 사라져버린
보길도 바닷가 추억

　내가 대학교수로 첫출발을 한 곳은 전남대학교 임학과다. 부임한 그해 화창한 가을날 식물분류학이 전공인 옆 연구실 이정석 교수님이 학생들과 보길도 식물채집을 간다고 하여 따라나섰다.

　보길도는 크고 작은 섬들이 점점이 떠 있는 다도해해상국립공원의 서남쪽, 완도와 진도 사이에 위치한다. 조선 중기의 시인 고산(孤山) 윤선도가 제주도로 귀양을 가다가 이곳의 경치에 반하여 정착하고, 강촌에서 자연과 더불어 살아가는 어부의 생활을 노래한 연시조 〈어부사시사(漁父四時詞)〉를 지은 곳으로도 유명하다.

보길도의 풍광은 산골 출신인 나를 완전히 홀리고도 남았다. 이후 거의 해마다 찾아가는 보길도 예찬론자가 되었다.

예전에는 광주에서 버스로 세 시간 걸려 완도 원동항에 도착하면 오후에 출발하는 보길도행 배가 있었다. 보길도에서는 윤선도 유적지와 가까운 전남대학교 학술림 숙소에 짐을 풀고 다음 날 일찍 일어나 답사를 시작한다. 여러 답삿길이 있지만 나는 선창리로 가는 코스를 가장 좋아했다. 선창리는 숙소를 출발하여 섬 가운데 위치한 보길 저수지 옆을 돌아 산을 넘어가면 만나는 섬 서쪽 끝에 위치한 작은 마을이다. 나지막한 돌담으로 둘러싸인 십여 호 남짓한 초가가 전부다. 앞바다가 조그만 반달 모양의 만(灣)을 이루며, 잘 가꾸어진 늘푸른잎나무 숲이 억센 바닷바람으로부터 마을을 보호해준다. 바닷가에는 보길도 특유의 잘 다듬어진 까만 차돌이 깔려 있어서 모래사장이 아닌 색다른 풍경을 만난다. 차돌밭의 가운데쯤에는 썰물 때만 나타나는 맑은 샘물이 하나 있다. 바닷속에서 퐁퐁 솟아나는 샘물이라 더 정겹고 물맛도 더 좋다.

늘푸른잎나무 숲에는 동백나무, 후박나무, 참식나무, 까마귀쪽

나무, 감탕나무, 보리밥나무, 천선과나무, 머귀나무 등 남쪽의 대표
수종들이 자란다.

　내가 특히 좋아하는 나무는 언덕배기에서 바다 쪽으로 길게 줄
기가 늘어진 우묵사스레피나무 한 그루다. 나무를 공부하지 않은
사람들은 '우묵사스레피나무'란 이름이 생소할 것이다. 남해안과
섬 지방에 주로 자라며 잎 끝이 뾰족한 사스레피나무와 달리 잎
끝이 살짝 凹형으로 들어가 있다. 우묵사스레피나무가 아니라 '오
목사스레피나무'라고 해야 정확한 표현일 것 같다. 두셋이나 네 글
자로 이루어진 보통 나무 이름과 달리 우묵사스레피나무는 여덟
자나 되어 이름이 가장 긴 나무이다. 원래 크게 자라는 나무도 아
니고 작은 그늘을 제공해줄 뿐 특별히 아름답거나 의미를 부여할
만한 나무는 아니지만 이 나무와의 만남은 보길도를 찾는 또 하나
의 즐거움이었다.

　다른 추억도 있다. 선창리 코스에 수목 채집을 가면 항상 이곳
에서 점심을 먹도록 계획을 세운다. 우묵사스레피나무 아래서 가
져간 도시락 점심을 펴놓고 식사를 시작하면 굴 캐던 마을 아주머
니들이 바가지째로 학생들에게 굴을 가져다준다. 차돌 밭은 자연

끝이 살짝 오목한 우묵사스레피나무 잎

산 굴이 다닥다닥 붙어 있는 굴밭이지만 양식 굴의 삼분의 일 정도 크기의 굴 껍질을 작은 칼로 일일이 벌려가면서 굴을 까는 일은 간단치 않다. 한 시간 내내 작업해도 한 줌이 안된다. 이렇게 힘들게 모은 굴을 아낌없이 학생들에게 왜 가져다주는지가 궁금했다. 대답은 간단하다. '광주에 가 있는 내 새끼가 눈에 밟혀서'란다. 객지에 나가 있어 오랫동안 만나지 못한 자식들이 학생들의 모습과 겹쳐진다고 한다. 그들의 손은 굴 껍질처럼 온통 우툴두툴하다.

그래도 마음만은 아가씨의 섬섬옥수보다 훨씬 더 곱고 아름답다.

학생들과 함께하던 '선창리 바닷가 굴 점심'은 갑자기 추억 속으로 사라져버렸다. 어느 날 다시 찾아간 선창리는 2차선 아스팔트 길에 멋진 현대식 벽돌 건물로 치장하고 있었다. 개발이 시작된 것이다. 내가 짝사랑한 우묵사스레피나무에게 급히 달려갔다. 바닷가도 정비한다는 명목으로 돌 축대를 쌓으면서 나무는 뿌리째 뽑혀서 흔적도 찾을 수 없었다. 나무가 있던 자리에 앉아 첫사랑을 추억하듯 잠시 눈을 감고 생전의 모습을 그려보는 것이 고작이었다.

'아! 참, 맑은 바다 샘물은 어디 갔지?'

갑자기 바닷속 샘물 생각이 났다. 썰물 때가 되어도 보글보글 솟아오르던 샘물은 눈에 띄지 않는다. 개발의 광풍이 불면서 마을을 온통 뒤집어놓은 탓에 지하수가 끊겨 샘물이 나오지도 않는다는 것이다. 설령 샘물이 솟아도 오염되어 먹을 수가 없단다. 이후 보길도 채집 코스에서 선창리를 아예 빼버렸다. 개발이라는 엄연한 현실을 인정하고 새로운 모습의 선창리를 받아들여야 한다고 다짐하지만 선뜻 마음이 내키지 않는다. 외지인들이야 옛 모습 그

제주 성산일출봉 해안도로를 따라 만나는 우묵사스레피나무

대로 남아 있기를 바란다. 하지만 마을을 생활 터전으로 삼아 대를 이어 살아가는 사람들은 편의성과 수익성을 따질 수밖에 없다는 점에 대해서도 충분히 이해는 한다. 개발과 보존은 이렇게 항상 공존하기가 어렵나 보다.

추억의 보길도 우묵사스레피나무가 없어져버린 후 나는 다른 곳으로 이 나무를 찾아다녔다. 노력과 정성 덕분인지 몇 년 전 제주 성산일출봉에서 구좌읍 방향의 해안도로를 따라 간간이 나타나는 독특한 제주 무덤의 둘레나무로 작은 숲을 이루고 있는 우묵사스레피나무를 다시 만날 수 있었다. 지금도 제주도를 가면 그곳에 찾아가 보길도의 그 나무를 생각하며 추억을 더듬어보는 것으로 자위한다.

인생 곳곳에 나보다 나은 고수가 있다

2012년 이른 봄 설레는 마음으로 제주행 비행기에 올랐다.
《나의 문화유산 답사기》로 널리 알려진 유홍준 교수님 일행과
만나기 위해서였다. 일곱 번째 답사기는 제주 일원의 문화유산을
'돌하르방 어디 감수광'이란 부제로 소개한다. 책을 출간하기 전에
지인들을 불러 2박 3일 동안 이곳을 다시 둘러보기로 한 것이다.
나는 유 교수님의 특별 배려로 답사단에 합류하게 되어 기대와 흥

분을 감출 수 없었다. 답사단에는 우리에게 친숙한 건축가, 화가, 문인 등 다양한 분야의 전문가들이 함께하여 가는 곳마다 깊이 있는 설명을 듣는 것도 큰 즐거움이었다.

제주도에 자라는 나무는 육지와 너무 다르다. 특히 겨울에는 육지의 삭막한 산과는 달리 온통 늘푸른잎나무로 덮여 있는 모습을 본다. 나무 공부를 따로 하지 않은 사람들에게는 거의가 생소한 나무들이다. 전남대학교에 재직할 때 보길도를 다니면서 난대 지방에 자라는 나무를 공부했다고 자부하지만, 오랜만에 만난 제주의 나무들에 대해 누군가 물어오면 한참을 끙끙대야 했다. 다행히 유적지 주변에는 흔히 만날 수 있는 나무들이 대부분이라 답사 기간 내내 별일 없이 잘 넘어갔다.

그러나 답사 마지막 날 제주 이도동의 오현단(五賢壇)에서 만난 나무 한 그루가 결국 나를 곤혹스럽게 만들었다. 이곳은 조선 시대 제주에 유배되었거나 현감으로 부임하여 지방 발전에 공헌한 다섯 사람을 모신 곳이다. 오현단 5기의 비석 뒤에는 높이 6미터, 지름 40센티미터에 이르고 수령이 60~80년 정도로 추정되는 큰 갈잎나무가 자라고 있었다. 육지에서도 갈잎나무는 잎이 진 계절

제주 오현단(五賢壇)의 검양옻나무

에 만나면 구분해내기가 어렵다. 아무리 나무를 둘러봐도 딱히 감이 잡히지 않는다. 나는 마침 나무 설명을 듣자고 마이크를 넘기려는 유 교수님을 급히 막아서며 말했다.

"아! 이 나무는 잘 모르겠습니다. 찾아보고 다음에 연락드리지요."

밥값도 제대로 못하는 것 같아 좀 창피했다.

낙엽과 열매를 주워 와서 수목도감과 대조해보니 남해안 섬 지방과 제주도에 걸쳐 있는 따뜻한 난대림에 자라는 검양옻나무였다. 비슷한 나무로 산검양옻나무도 있어서 다음 해 여름, 한 번 더 알현하고 나서야 어떤 나무인지 확정할 수 있었다.

이 나무는 이름 그대로 옻나무의 한 종류이지만 옻을 채취할 만큼 충분한 양도 나오지 않고 품질이 나빠 옻으로서의 값어치는 없다. 옻이 아니라 열매로 밀랍을 만드는 대표적인 식물로 널리 알려져 있다. 잎은 아까시나무 잎처럼 깃꼴겹잎이다. 원뿔 모양의 황록색 꽃이 5월에 피고 가을에 붉은 단풍이 곱게 들어 흔히 분재의 소재로도 이용하며 가로수로 심기도 한다. 검양옻나무의 접두어 '검양'은 진한 검붉은 빛을 말하는 '거망'이 변하여 된 말로 짐작된다. 유난히 진하게 물드는 검붉은 단풍의 색깔이 '거망 색'이니 아마 이를 두고 붙인 이름인 것 같다.

무리를 지어 열리는 열매는 밑으로 처져 있고, 잎이 진 늦가을에 보면 나무 전체를 뒤덮을 만큼 많이 달린다. 육질로 둘러싸여 있지만 살이 얼마 되지 않고 가운데 딱딱한 씨가 들어 있어 일상에서 요긴하게 쓰인다. 수확한 다음, 쪄서 압착하면 과육과 종자가 포함된 지방유가 나오는데 이것이 바로 식물성 밀랍이다. 밀랍은 열매 무게 대비 20~30퍼센트 정도 얻을 수 있다. 밀랍은 초를 만드는 데 주로 쓰이고 각종 연고, 포마드, 크레용의 원료로 이용한다. 밀랍 채취를 목적으로 일본 남부에서 한때 널리 재배되기도 했으나, 지금은 석유화학 제품에 밀려 거의 심지 않는다.

검양옻나무의 한자 이름은 노목(櫨木)이며, 이 나무로 만든 노목궤(櫨木櫃)는 융통성이 전혀 없는 미련한 사람을 비유하는 말로 쓰인다. 이 단어의 유래는 조선 말 학자 홍만종의 문학 평론《순오지(旬五志)》에서 찾아볼 수 있다. 옛날 딸을 둔 어느 노인이 검양옻나무 궤를 짜서 남몰래 쌀 쉰닷 말을 넣어두고 이것을 알아맞히는 사람을 사위로 삼기로 했다. 장사꾼 총각은 이 사실을 알게 된 딸이 답을 미리 알려주어 사위가 되었다. 그는 그 이후로 장인이 부르기만 하면, '노목궤, 쌀 쉰닷 말' 하는 말만 되풀이했다고 한다.

검양옻나무 열매

실제로 검양옻나무는 궤짝을 짤 만큼 크게 자라는 나무가 아니니 노(櫨) 자가 정확히 무슨 나무를 뜻하는지는 알 길이 없다.

유홍준 교수님과의 첫 만남은 그가 문화재청장으로 재직하던 2006년 겨울로 거슬러 올라간다. 고위 관리를 만나는 경우에는 대체로 비서가 접촉하여 약속을 잡는다. 그러나 형식적인 것을 싫어하는 유 교수님은 남달랐다. 그는 직접 나에게 전화를 걸어 만나자고 했다. 파격적이고 솔직한 그의 전화를 직접 받고 한걸음에 달려갔다.

나무와 관련된 천연기념물을 비롯하여 유적지 정비에 자문을 해달라는 부탁을 받았다. 그는 인문학자답지 않게 자연에 관심이 많았고 나무 관련 지식도 전문가가 놀랄 만큼 광범위하고 깊었다. 우리가 흔히 쓰는 속담 중에 '똥구멍이 찢어지게 가난하다'는 말이 실은 소나무의 껍질을 벗겨 먹고 제대로 소화를 못 시켜 항문에 문제가 생긴 옛사람들의 이야기라는 것도 유 교수님을 통해서 들었다. 중국의 시인 소동파(蘇東坡)는 발길 닿는 곳마다 살 만한 청산이 있다 하여 '인생도처유청산(人生到處有靑山)'이라 했다. 유 교수님은 인생 곳곳에 나보다 나은 고수가 있다 하여 '인생도처유상수(人生到處有上手)'라고 했다. 이 말은 내가 유 교수님을 만날 때마다 되뇌는 문구다. 이처럼 내 알량한 나무 상식을 뛰어넘는 상수(上手)들이 곳곳에 넘쳐난다.

개옻나무
박쥐나무

채집 산행에서
만난 나무들

한 학기가 거의 끝나갈 즈음 해인사가 있는 가야산으로 마무리
수목 채집을 갔다. 나는 일정을 마치고 하산 길에 조금 빨리 내려
와 길목을 지키고 있었다. 갑자기 어디선가 들리는 웅성거림이 가
까워지면서 누군가 한 학생을 들것에 눕혀서 메고 내려왔다. 놀라
서 달려갔더니 발이 삔 여학생이 들것에 누워 있다. 큰 부상이 아
닌 것 같아 그대로 내려가기로 하고 보니 들것을 지지하는 나무가

개옻나무

개옻나무다. 집단으로 옻이라도 오르면 큰일이다.

'이런 × 강아지들, 한 학기 헛가르쳤구나!'

힘들 수밖에 없는 현장 실습까지 여러 차례 반복하면서 단단히 공부시켰다고 내심 자부하던 나는 황당할 수밖에 없다. 옻나무는 산에서 가장 조심할 나무라고 여러 번 강조했는데……. 아마 당황한 탓에 개옻나무 들것을 만들었을 것이라고 자위했지만 맥 빠지는 일이다. 힘 좋은 남학생 몇이 교대로 다친 여학생을 업고 내려가기로 하고 개옻나무 들것은 거기서 내다 버렸다.

다행스럽게도 학교에 돌아와서 일주일쯤 지나도 옻이 오른 학생 소식은 들리지 않는다. 옻이 오르면 좁쌀 같은 발진이 생기고 가려움으로 며칠은 고생해야 한다. 그래서 옻나무는 산행하는 사람들의 1급 경계 식물이다.

옻나무 종류에는 중국에서 가져와 널리 심고 있는 진짜 옻나무와 우리나라 산에 널리 자생하는 개옻나무가 있다. 아까시나무 잎처럼 잎 대궁 하나에 여러 개의 잎이 달리는 것이 특징인데, 잎의 개수가 옻나무는 9~13개, 개옻나무는 13~17개다. 어떤 사람들은 딱 13개면 어느 쪽이냐고 물어온다. 자연의 생산물은 공산품처럼 엄밀하지 않다. 절대적인 것이 아니라 범위가 있다. 나의 대답은 잎사귀 하나만 보지 말고 여러 개의 평균을 내보라고 권한다. 또 하나의 팁을 주자면, 산에 자라는 옻나무의 대부분은 개옻나무로 생각해도 크게 착오가 없다. 옻나무나 개옻나무나 옻이 올라오기는 마찬가지여서, 어느 쪽이 더 심한지 비교할 수는 없을 것 같다.

옻나무와 매우 닮은 붉나무는 옻나무만큼은 아니지만 사람에 따라서 옻이 오른다고 하니 경계해야 한다. 붉나무는 잎자루에 작은 날개가 붙어 있어서 다른 옻나무 종류들과 구분할 수 있다.

채집 산행에서는 가슴 아픈 사연을 가진 나무도 만난다. 산행 수업에서는 나무 앞에 서서 생김새와 특징을 설명하고 나무 이름부터 알려주는 형식으로 진행한다. 내 입에서 나무 이름이 나오는 순간, 학생들은 우르르 달려들어 경쟁적으로 나뭇가지를 잘라 댄다. 꽃이나 열매가 달리고 잎이 깨끗한 표본을 만들어야만 좋은 점수를 받을 수 있다고 수업 시간마다 강조해둔 터다. 취업 경쟁이 심해지면서 학점 관리에 신경이 곤두서 있다 보니 학생들은 작은 나뭇가지 하나도 소홀하지 않고 모두가 열심이다.

보통 흔한 나무는 잎 달린 작은 가지 몇 개를 잘라도 생장에 별다른 영향이 없다. 오히려 다른 나무들과 경쟁하는 데 자극제가 될 수도 있다. 그러나 숲 속 큰 나무 밑에서 어쩌다 들어오는 '틈새 햇빛'을 이용하여 살아가는 작은 음지 나무들은 사정이 다르다. 삼십여 명의 학생들이 작은 가지 하나씩만 잘라도 삶과 죽음의 갈림

박쥐나무 잎사귀와 꽃

길에 서게 된다.

　표본 채집 때마다 내가 가장 안타깝게 생각하는 나무는 박쥐나무다. 박쥐는 아무도 좋아하지 않는다. 동굴에 살면서 어두워져야 활동하는데 모습까지 아주 흉측하다. 나무에 박쥐란 이름이 붙었으니 무언가 음침한 구석이 있을 것 같지만 실상은 그렇지 않다. 박쥐의 생태나 얼굴 모양으로 나무를 본 것이 아니라 잎사귀의 모양이 날개를 펼친 박쥐와 닮았다고 하여 붙인 이름일 뿐이다.

　이 나무는 큰 나무 아래서 작은 양의 햇빛으로도 살아갈 수 있다. 그는 주위 키다리 나무들과의 햇빛 받기 무한 경쟁에 무모하게 뛰어들지 않는다. 서로 혼자만 살겠다고 높다랗게 하늘로 치솟아서 잔뜩 잎을 펼쳐놓은 비정한 이웃들에게 기대할 것이 없다. 그래서 그의 선조는 살아남는 데 필요한 구조조정을 아득한 옛날부터 과감히 수행했다. 우선 덩치는 키 3~4미터로 줄이고 자리 차지만 하는 작은 잎은 아예 없애버렸다. 넓고 커다란 잎을 듬성듬성 만들어 산바람에 흔들리는 나무 사이로 어쩌다 들어오는 햇빛을, 짧은 시간에 가장 많이 받을 수 있도록 설계한 것이다. 그래서 하늘을 우러러 힘차게 뻗은 큰 나무들의 활력 넘치는 모습과는 달리 언제 만나도 불쌍하고 가련한 이미지로 다가온다. 꽃 모양도 독특하다. 손가락 두 마디 길이나 됨직한 가늘고 기다란 연노랑의 꽃이 살짝 벌어지면서 속의 노랑 꽃술을 다소곳이 내밀고 있다. 조심조심 살아가던 조선 시대의 가련한 여인이 얼굴을 가리고 잠깐 외출을 하려는 듯한 애잔한 모습이다.

사정이 이러하니 박쥐나무 자손은 그리 많지 않다. 어쩌다 눈에 띨 뿐이다. 숲 속에서 이 나무를 만나면 '이름을 말해줄까 말까' 고민한다. '이게 바로 박쥐나무'라는 말 한마디로 몇 개 달고 있지도 않은 나뭇가지는 모두 잘려나가고 자그마한 몸체만 달랑 남을 테니까. 광풍이 지나간 자리에서 쉬어 가기를 청한다. 그리고 불쌍한 박쥐나무에게 감히 용서를 빌어본다.

'잘 가거라! 박쥐나무야! 다음 세상에는 커다랗게 다시 태어나 해님과 마음껏 눈 맞추는 행복나무가 되려무나.'

사십여 년 만에 다시 열린
북악산, 둘레길

북악산(해발 342미터)은 서울 중심부에 우뚝 솟은 삼각 모양의 바위산이다. 산자락을 따라서 청와대와 경복궁으로 이어지는 대한민국 권력의 심장부가 있다. 조선 시대 임금님이 살던 경복궁 뒷산이니 출입 제한은 이미 오래전부터 있었다. 거기다가 1968년 1월 21일 김신조 일당의 무장공비가 침투한 이후로는 일반인은 얼씬도 할 수 없는 금단의 산이었다. 그로부터 사십여 년이 흐른

2007년 4월 5일, 북악산 한양도성은 전면 개방됐다. 도성을 방어할 목적으로 태조 7년(1398) 북악산 능선을 따라 쌓은 서울성곽은 그 둘레가 18.2킬로미터에 이른다. 일제강점기를 거치면서 일부는 파괴되고 지금은 산악 지역 10.5킬로미터만 남아 있다.

당시, 개방과 동시에 찾아오는 많은 관람객들을 위해 간단한 해설 자료를 만드는 작업에 참여했다. 성벽의 구조와 창의문·숙정문 등의 문화유산 해설은 당시 문화재청장이던 유홍준 교수님이 맡고, 성곽 탐방 코스에 만나는 나무에 관련된 해설은 내가 맡기로 했다.

화강암이 주를 이루는 돌산인 북악산에는 산 능선을 따라 조성된 성곽 주위로 수목이 가꾸어져 있다. 특별히 소나무는 조선 개국 초부터 보호 대책을 세워 관리되었다고 한다. 조선 시대 내내 잘 보존되어 온 소나무 숲은 일제강점기 이후 방치되면서 거의 없어지고 능선 주위에만 주로 살아남아 오늘에 이른다.

현재 북악산에 자라고 있는 식물은 210여 종류이고 그중 나무는 80여 종이 있는 것으로 조사됐다. 키 큰 나무(교목류)로는 소나무·참나무·팥배나무·때죽나무·산벚나무 등이 있고 키 작은 나무(관목류)로는 진달래·철쭉·쥐똥나무·국수나무 등이 있다. 성

2007년 다시 개방된 북악산 둘레길

곽 주변에는 흙 흘러내림을 막기 위하여 심은 아까시나무·은수원사시나무·리기다소나무와 최근 조경수로 심은 스트로브잣나무 등이 자라고 있다.

이 중에서 나는 탐방 코스에서 만나는 중요 나무 삼십여 종을 간략하게 해설한 소개 간판의 문안을 작성하기로 했다. 그러나 일은 생각보다 간단치 않았다. 문화유적지의 나무이니 달랑 이름표만 붙이기에는 아쉬움이 남았다. 간단하지만 재미있고 유익한 문화가 들어 있는 내용으로 소개하고 싶었다. 사실 지금까지 문화유적지에서 만나는 나무 소개 간판은 전혀 마음에 들지 않았다. 나무 이름 옆에다 과명(科名)과 학명(學名)을 적고 잎 생김새와 꽃 색깔, 열매 모양 등의 전문용어를 섞어놓는다. 일반인들이 학명을 비롯한 전문 정보를 꼭 알아두어야 할 필요는 없다. 나뭇잎의 생김새야 지금 보고 있는 그대로이고 식물학적인 내용이 더 궁금하면 인터넷이나 수목도감으로 찾아보면 된다.

나는 기존의 이런 형식의 틀에서 벗어나기로 마음먹었다. 나무에 얽힌 여러 이야기를 중심으로 문화를 입히고자 했다. 이런 계획은 너무 파격적이라는 일부 의견도 있었지만 다행히 문화재청에서도 흔쾌히 동의해주었다. 나무 이름 옆에는 딱딱한 학명 대신에 영어권에서 일반적으로 부르는 영명(英名)을 넣었다. 해설 내용도 완전히 바꿨다. 예를 들어 진달래는 이런 식이다.

'나 보기가 역겨워/ 가실 때에는/ 말없이 고이 보내드리오리다/ 영변에 약산/ 진달래꽃/ 아름 따다 가실 길에 뿌리오리다……. 진달래는 예로부터 이렇게 사랑을 노래할 때 단골로 등장한답니다. 우리나라 어디에서나 양지바른 곳에 널리 자라는 아름다운 꽃나무죠. 삼월 삼짇날에는 찹쌀 부침개에다 진달래 꽃잎을 얹는 화전(花煎)을 부쳐 먹는 멋스러운 풍습이 있었습니다'라고 하여 소월의 시로 시작했다.

한편 물푸레나무는 '물을 푸르게 한다는 뜻으로 물푸레나무란 이름이 붙었습니다. 어린가지 꺾어 맑은 물에 담그면 정말 파란 물이 우러납니다. 아름다운 이름과는 달리 예전에는 주로 죄인의 볼기짝을 치는 곤장 나무로 쓰였습니다. 그 외 도리깨 등 농기구를 만드는 데 널리 쓰였고 야구방망이나 라켓 등 운동 기구를 만드는 데에도 빠지지 않았답니다'라고 하여 우리 문화 속에서 물푸레나무를 잠깐 되돌아보았다.

해설 문안을 만들다 보니 엉뚱한 영명에 관련된 문제가 대두됐다. 우리 국민 모두가 좋아하는 소나무의 영명은 'Japanese red pine'이다. 왜 우리 소나무가 일본소나무가 되었냐고 흥분하는 분들이 많다. 소나무야 우리가 일본보다 훨씬 많이 자라고 소나무 사랑의 정도도 비교할 수 없을 만큼 높다. 불행히도 서양인들이 일본에서 먼저 소나무를 만난 탓에 그냥 일본소나무라고 해버린 것이다. 영어 이름은 학명처럼 학술회의의 공식 인정을 받아야 하는 것은 아니니 많이 쓰면 그대로 따라가기 마련이다. 다른 이름은 몰라도 소나무만큼은 영어 이름도 일본소나무가 아니라 한국소나무가 되어야 할 것 같았다. 그래서 나는 소나무 영명을 'Korean red pine'으로 부르기로 했다. 이후 이런 형식의 나무 이름 간판은 궁궐과 왕릉 일부, 제주도 비자림과 만장굴 등 문화유적은 물론 공원이나 수목원까지 이어지고 있다. 다행히 국립수목원에서도 올해부터 소나무의 영명 정비 작업을 진행하고 있다. 이 노력이 일반인들이 쉽게 나무와 친근해지고 이해를 높이는 데 도움이 되었으면 하는 바람이다.

새하얀 피부가 눈부신 한대 지방 대표 나무

인터넷을 통해서 많은 사람들과 소통하기 위해서 '박상진 교수의 나무세상'이라는 홈페이지를 운영하고 있다. 홈페이지로도 문의가 많이 들어오지만, 특강이나 답사에서 만나는 사람마다 나무관련 질문이 있을 때는 언제든지 이용하라고 메일 주소를 알려주기 때문에 나무에 대하여 궁금한 초등학생부터 나와 견해를 달리하는 전문 학자들까지 다양한 분들로부터 메일이 온다.

어느 날 메일 한 통을 받았다. 이번 메일은 자작나무와 관련하여 항의성 내용을 담고 있었다.

나는 그동안 여러 매체를 통하여 자작나무가 자연적으로 자라는 곳은 북한 지방이 남쪽 한계선이므로, 남한에서 만나는 자작나무는 모두 심은 것이라고 말해왔다. 덧붙여서 이런 일화도 소개했다.

'어느 산림 관련 연구원은 이십여 년 전 한국산 자작나무의 재질 연구를 하겠다는 연구계획서를 내어 상당한 액수의 연구비를 수령했다. 막상 착수를 하고 둘러보니 한국에 원래부터 자라고 있는 자작나무는 찾을 수가 없었다. 전공이 수목생태학이 아니었고 지금처럼 정보교환이 수월하던 시기가 아니어서 이런 사실을 잘 몰랐던 것이다. 물론 연구비를 반납하는 홍역을 치렀다.'

메일을 보낸 분은 약초 캐는 일을 업으로 삼아 수없이 산을 다니는 산사람이라는 점을 강조했다. 그분의 주장은 '한국의 웬만한 높은 산 중턱 이상에서는 어디서나 자작나무를 만날 수 있다'는 것이었다. 그리고는 한마디 덧붙이며 '책상물림으로 앉아서 나무를 아는 척하지 말라'는 충고까지 했다. 사실 요즘은 전문가 뺨치는 아마추어가 많다. 자연에 대한 관심이 높아져 일 년 내내 산에

다니면서 관찰하고 탐구하는 열성적인 분들도 흔히 만날 수 있다. 산사람만큼은 아닐지라도 나무를 연구하는 학자들도 수없이 현장 확인을 한다. 좀 기분이 언짢았지만 자작나무 이외에 껍질이 하얀 나무는 거제수나무와 사스래나무가 더 있다는 것도 알려드렸다. 아울러 자작나무는 잎 모양이 삼각형에 가까우며 잎맥은 6~8쌍 정도인데 비해 거제수나무는 잎 모양이 타원형이고 잎맥의 수가 10~16쌍이며, 사스래나무는 거제수나무와 거의 비슷하나 껍질에 은백색이 강하며 톱니가 불규칙하고 잎맥이 7~11쌍이어서 잎맥 개수로 구분한다고 설명해드렸다. 거제수나무를 자작나무로 착각 하는 경우가 흔하니 아마 잘못 보신 것 같다고 일러드렸다. 그런 데도 재차 자신이 본 나무는 자작나무가 틀림없다는 주장을 편다. 사실이라면 대단한 학술적인 성과이니 학술 대회를 할 때 와서 발 표를 하시라고 했더니 그 이후로는 소식이 끊겼다. 아마 지금도 자생 자작나무가 있다고 믿는지 모를 일이다.

새하얀 얇은 껍질을 두르고 있는 자작나무는 추위를 많이 탈 것 같지만 눈보라가 휘몰아치는 동토(凍土)도 두려워하지 않는다. 자람 터는 우리나라 북한 지방에서부터 만주·시베리아를 거쳐 북

강원 인제 원대리
자작나무 숲

유럽까지 북반구의 한대 지방이다. 한대 지방의 대표 나무로 러시아 영화 〈닥터 지바고〉의 눈보라 속에 등장하기도 했다. 자작나무는 외롭게 한 그루씩이 아니라 여러 그루가 함께 모여 숲을 이루어 자라기를 좋아한다. 추위를 버티는 데 효과적이기 때문이다.

자작나무 이야기에는 시인 백석(1912~1996)을 빼놓을 수 없다. 1938년 함경도에서 쓴 〈백화(白樺)〉를 읽어본다.

'산골 집은 대들보도 기둥도 문살도 자작나무다/ 밤이면 캥캥 여우가 우는 산도 자작나무다/ 그 맛있는 메밀국수를 삶는 장작도 자작나무다/ 그리고 감로같이 단샘이 솟는 박우물도 자작나무다/ 산 너머는 평안도 땅도 뵈인다는 이 산골은 온통 자작나무다'

우리 주변에서 흔히 참나무를 만나듯 북한 산골에는 자작나무가 많다. 대한민국에도 백석이 노래한 자작나무를 그대로 느낄 수 있는 곳이 있다. 강원 인제 원대리의 이름도 예쁜 '속삭이는 자작나무 숲'이 바로 그런 곳이다. 주차장에서 3.2킬로미터에 이르는 산길을 따라 걸어 올라가다 보면 좌우로 곳곳에 자작나무가 무리지어 숨어 있다. 어느 계절에 찾아가도 연인과 조용히 두 손 잡고 걸을 수 있는 숲이다. 원대리에는 규모가 훨씬 큰 '자작나무 명품 숲'이라 곳이 또 있다. 눈 속에 묻힌 한겨울에 찾아가면 이름처럼 조용히 누군가와 속삭이면서 걸을 수 있는 낭만의 자작나무 숲이다. 둘 다 20~30년 전까지만 해도 화전을 일구던 산비탈이었지만 산림청에서 대대적으로 자작나무를 심어서 인위적으로 숲을 만들었다.

흰색을 대하는 우리의 느낌은 남다르다. 밝고 깨끗하고 고귀함을 상징하며 태양을 나타내기도 한다. 그래서 백마(白馬), 백호(白虎), 백록(白鹿) 등 흰 동물은 상서로운 길조로 여겼다. 흰 껍질을 가진 자작나무를 우리 선조들이 특별히 좋아했다는 흔적을 찾기는 어려우나 백의민족이 된 우리의 정서에 맞는 나무임에는 틀림없다. 최근 도시의 조경수로 흔히 만나는 자작나무는 어쩐지 오염된 공기를 깨끗하게 해줄 것만 같아 와락 반가움을 느낀다.

'낭가삭기'로 떠나지 못한
하멜의 흔적을 찾아서

가을이 깊어가는 10월의 마지막 일요일, 동호인 모임인 난대림 연구회에서 전남 나로도로 답사를 가자는 연락이 왔다. 나로도 가는 길에서 한참을 벗어나지만 아직 답사를 못 한 강진 병영읍의 천연기념물 385호 은행나무 고목 한 그루가 머리에 떠올랐다. 우리나라의 실상을 유럽에 처음 소개한 헨드릭 하멜(Hendrik Hamel)이 조선에서 억류 생활을 할 때 인연을 맺었다 하여 '하멜 은행나무'란 별칭을 가진 나무다.

'그래 가자! 좀 둘러 가더라도 하멜 씨가 앉아 있던 그 은행나무 밑에 나도 앉아서 그의 아픔을 만분의 일이라도 느껴보자!'

주저 없이 그대로 내달렸다. 이렇게 시작한 은행나무와의 만남은 이십여 년이 지난 지금까지도 여전히 이어진다. 내 컴퓨터의 사진 폴더에서 찾아보니 계절이 다른 여섯 종류의 사진이 들어 있다. 거의 삼 년마다 한 번씩 찾아다닌 셈이다. 내가 그 당시 살았던 대구에서 280킬로미터, 정확히 칠백 리 밖의 나무 한 그루를 만나는 데 너무 많은 시간과 휘발유 값을 들였다는 느낌도 든다.

임진왜란이 끝나고 육십여 년이 지난 어느 여름날이었다.

《조선왕조실록》효종 4년(1653) 8월 6일 내용에 따르면, 제주 목사 이원진은 이런 보고를 올린다.

'배 한 척이 깨져 남쪽 해안에 닿았는데 서른여덟 명이 살아남았습니다. 파란 눈에 코가 높고 노란 머리카락을 가진 사람들입니다. 옷은 길어서 넓적다리까지 내려오고 바지는 주름이 잡혀 치마 같았습니다. 가려고 했던 목적지를 물었더니 낭가삭기(郎可朔其, 일본 큐슈의 남쪽 끝 나가사키 항구)라 합니다.'

전남 강진 성동리 '하멜 은행나무'

네덜란드 선원 헨드릭 하멜이 은둔의 나라 조선 땅, 오늘날의 제주 서귀포 사계리 해안에 처음 닿았을 때의 이야기다. 아마존의 이름 모르는 부족만큼도 정보가 없는 조선 땅에 갑자기 떨어진 그들의 심정은 어땠을까? 얼마나 가족이 보고 싶고 고향산천이 그리웠을까? 찾아갈 때마다 그들의 아픔을 나의 가슴속에서 되뇌어본다. 죽음으로 갈라놓지 않는 바에야 가족과의 이별은 만남이 전제된다. 무역선의 선원이 되어 머나먼 동양으로 떠나는 하멜 일행을 전송한 가족 친지들은 돌아오는 날을 손꼽아 기다리면서 세월을 보냈을 터이다. 하지만 햇수로 14년 뒤인 현종 7년(1666), 이들 중 겨우 일곱 사람만 여수에서 탈출에 성공하면서 기나긴 억류 생활은 막을 내린다. 이후 외교 교섭으로 석방된 인원을 합쳐서 이십여 명이 다시 가족을 만나게 된다. 처음 출발한 선원 예순네 명의 삼분의 일 남짓이다.

하멜 일행은 7년간을 강진 성 밖 천연기념물 은행나무 부근에서 머물렀다. 지금 이 나무는 둘레 다섯 아름에 높이 32미터, 나이 800살의 거대한 덩치다. 하멜이 만났을 때도 450살 남짓이었으니 지금과 별반 다르지 않은 웅장함을 자랑했을 것이다. 마을에 전해지는 이야기로는 하멜 일행이 이 나무 밑에 앉아 고향 생각에 눈물을 흘렸다고 한다. 마침 나무 아래에는 다섯 기(基)의 고인돌이 놓여 있다. 그들은 고인돌에 앉아 고려 시대 때 쌓은 동쪽 산 능선의 수인산성을 바라보면서 가슴이 찢어지는 아픔을 달랬을 것이다. 고향 네덜란드는 서쪽으로 지구 반 바퀴를 돌아야 하지만, 수인산성 너머 동쪽으로 바다를 건너면 우선 그들이 가고 싶어 했던 일본의 '낭가삭기'에 닿을 수 있어서다.

당시까지 살아남았던 하멜 일행 서른세 명은 이곳에서 생활하면서 몇몇은 결혼해 살기도 하였으며 생계를 위해 잡역을 하거나 나막신을 만들어 팔았고 춤판을 벌여 삯을 받기도 했다.

우리에게 알려진 《하멜 표류기》는 실제로는 14년 동안 밀린 임금을 받을 목적으로 쓴 보고서다. 그래서 하멜 일행의 일정과 생활 상황을 기술하였을 뿐 억류 기간 동안의 인간적인 고뇌를 느낄 수 있는 내용은 거의 없다.

'하멜 은행나무'를 찾아가면, 우선 나무 주위를 둘러보고 사진을 찍는 일상적인 조사를 한다. 이어서 내가 하는 중요한 일은 '하멜 따라 해보기'다. 하멜이 앉았던 그 고인돌에 걸터앉아 눈을 지그시 감고 우선 심호흡부터 한다. 머릿속에다 삽화로 익숙한 하멜의 모습으로 나를 바꾸어 넣어간다. 그리고 천천히 고개를 동쪽으로 돌린다. 지금은 눈길을 가로막는 교회 십자가를 지워버리고 하멜이 쳐다보면서 피눈물을 흘렸을 아련한 수인산성의 능선 자락을 나도 쳐다본다. 처해진 현실에 분노하다가 곧 절망에 빠졌을 터다. 잠시 눈을 감고 뼈에 사무치는 하멜의 아픔을 나도 조금 나누어 가져보기로 했다. 이내 고개를 흔들었다. 가족과 영원히 만날 수 없을 수도 있다는 현실을 생각했을 것이다. 그들의 절망과 좌절과 슬픔에 오늘의 내가 감히 어떻게 가까이 가볼 수 있겠는가? 묵직한 고인돌 아래에다 내가 갖고 있던 크고 작은 번뇌는 꽁꽁 묻어버리고, 또 다른 일정을 위하여 자리를 털고 일어나는 것으로 아쉬운 하멜과의 짧은 만남을 끝낸다.

동백나무

절에서 불막이 역할을 했던 나무는?

'헤일 수 없이 수많은 밤을/ 내 가슴 도려내는 아픔에 겨워/ 얼마나 울었던가 동백아가씨/ 그리움에 지쳐서 울다 지쳐서/ 꽃잎은 빨갛게 멍이 들었소.'

가수 이미자가 1964년에 발표한 〈동백아가씨〉 가사 일부다. 동백은 예쁜 꽃임에는 틀림없으나 꽃이 지는 방식이 특별하다. 꽃잎이 하나둘씩 떨어져나가는 것이 아니라 꽃 전체가 통째로 톡 떨

전남 광양 옥룡사 동백나무 숲

어져버린다. 그래서 노래처럼 동백꽃은 사랑을 이루지 못하고 배신 당하는 여인을 상징한다. 흔히 비련의 주인공이 되는 동백꽃이 엉뚱하게 절 부근에 숲을 이룬 경우가 많다. 고창 선운사, 강진 백련사, 진도 쌍계사 등 절마다 규모의 차이는 있지만 동백나무 숲은 흔히 만날 수 있다. 여기에는 이유가 있다. 잎이 두꺼운 늘푸른 잎 동백나무는 아왜나무와 함께 산불이 났을 때 불이 잘 옮아 붙지 않아 '방화수(防火樹)' 역할을 톡톡히 해낸다. 아울러 고급 머릿기름으로 쓰이는 동백 열매는 절의 재정에 큰 도움이 된다.

절 부근의 동백나무 숲으로 규모가 가장 큰 곳은 전남 광양 옥룡사 터다. 신라 말의 승려이자 풍수지리의 대가인 도선국사(827~898)가 머무른 곳이다. 그는 37세 때인 신라 경문왕 4년(864) 이곳에 자리를 잡고, 이후 35년간 불법을 설파하다가 72세에 입적한다. 절은 사라져버리고 빈터만 남아 있지만 도선이 심었다는 동백나무 칠천여 그루가 낮에도 숲 속이 껌껌할 정도로 완전히 우거져 있다.

몇 년 전 어느 봄날, 환갑을 맞은 아내와 함께 조촐하게 옥룡사 터를 다녀왔다. 널리 알려지지도, 값어치 있는 문화재가 있는 것도 아닌 이곳을 간다고 했을 때, 나무 답사의 오랜 동반자로 함께한 아내도 의아해했다. 하필이면 왜 옥룡사 터를 행선지로 잡았는지는 길게 설명하지 않았다. 무리 지어 피는 동백꽃이 볼 만하고 당신에게는 정말 가기 어려운 곳이라는 아리송한 이야기만 해주었다.

사실 이곳은 '백(白)씨 성을 가진 사람들은 출입하지 말라'는 전설이 있는데 아내의 성이 바로 백씨이다.

현재 동백나무는 한 뼘 남짓한 굵기에 키 6~10미터 정도이고, 나이는 도선이 심었던 나무의 아득한 후손인 백 살 남짓으로 추정된다. 이렇게 많은 동백나무가 집단으로 숲을 이룬 이곳은 천연기념물 489호로 지정되어 있다.

절터를 조성하는 과정에 관련된 전설이 재미있다. 원래 절터 일대는 큰 연못이었고 아홉 마리 용이 살고 있었다고 한다. 이웃에 살고 있는 주민들과 사이가 좋지 않았던 용들은 걸핏하면 도술을 부려 마을을 뒤흔들어 놓았다. 전국을 다니면서 좋은 땅을 찾던 도선은 여기에 절을 세우기로 정하고 용들에게 물러가라고 한다. 도선의 명성은 용들도 잘 알고 있던 터라 여덟 마리는 군말 없이 이삿짐을 쌌다. 토지보상법이 없던 시절이니 나가서 살 수 있는 대토(代土)를 제대로 마련해주지 않고 무작정 내쫓은 듯하다. 백룡(白龍) 한 마리는 이대로 물러갈 수 없다고 버텼다. 용들로서야 자자손손 이어온 고향 땅인데 하루아침에 내쫓으니 이 정도의 반발은 당연하다. 이럴 경우 예나 지금이나 힘센 쪽이 이긴다. 둘은 서로 도술 경쟁을 했는데 화가 난 도선은 지팡이를 휘둘러 백룡의 눈을 멀게 했다. 그래도 여전히 버티자, 이번에는 아예 연못의 물을 펄펄 끓게 했다. 힘에 밀린 백룡은 눈물을 머금고 물러났다. 눈까지 먼 불쌍한 백룡이 어디 가서 어떻게 살았는지는 아무도 모른다.

오늘날도 자그마한 연못이 하나 남아 있는 것으로 미루어 당시에는 일대가 약간 저습지이었던 것 같다. 절을 짓기 위하여 물기를 빼내고 땅을 골라야 했다. 고심하던 도선은 꾀를 내어 눈병 걸린 사람이 숯 한 섬을 지고 오면 눈병이 낳는다고 소문을 낸다. 사람들이 숯을 지고 몰려와 연못을 금방 메워 절터를 닦았다고 한다.

어렵게 절이 완성되자 불에 잘 타지 않는 동백나무를 주위에 심어 불막이로 삼았다. 아울러서 백룡이 다시 찾아와 해코지를 할까 봐, 백룡은 물론 사람도 이름에 '백(白)' 자가 들어간 이는 아예 옥룡사 출입금지를 시켰다. 여러 가지로 화재 예방 조치를 잘한 덕분에 이후 절은 번성하였으나, 12세기 중엽 큰 불을 만나 처음으로 폐사가 되어버린다. 이를 두고 사람들은 도선의 유언을 어기고 백 자가 들어간 사람이 몰래 절에 들어왔기 때문이라고 믿는다. 이후에도 '백씨 출입금지' 조치를 유지하면서 여러 번 절을 다시 지어 도선의 뜻을 이어 왔으나 1878년 다시 불타버린 후 지금

백룡의 전설을 간직한 전남 광양 옥룡사 터 연못

까지 빈터로 남아 있다. 이런 전설을 이야기해주고 도선의 영혼이
혹시 지팡이를 휘두르지 않는지 눈여겨보라고 계속 아내에게 장
난을 걸었다.

　지금도 개발이라는 이름에 밀려 수백 년을 살아온 터전을 내줄
때 백룡과 같은 억울한 사연이 없지 않을 것이다. 용 한 마리에 불
과하다고 그냥 밀어붙인 도선국사의 처리 방식은 옳지 않다. 백룡
의 요구를 최대한 받아들이겠다는 가진 자의 아량은 예나 지금이
나 필요하다고 생각한다.

닭 뼈다귀를 빼닮은
나뭇가지의 정체는?

1980년 5월 18일의 일요일 아침, 미국 워싱턴 주의 휴양지 세인트헬렌스 산은 엄청난 폭발을 일으킨다. 당시까지만 해도 금세기 최대 규모라 했으며 화산재가 확산되면서 온 지구에 기상 이변이 온다. 우리나라도 기록적인 냉해(冷害)로 여름날 난로를 피워야 할 정도였고 벼 생산량이 34퍼센트나 줄어들어 민심이 흉흉했다. 정치적으로는 광주 민주화 운동이 일어난 해라 세월은 어수선하고 사람들은 숨죽여 살았다.

겨울방학이 시작될 즈음 추운 날씨에 마땅히 어디 갈 곳도 없던 나는 연구실에서 꼼짝 않고 돌부처처럼 앉아서 세월을 낚고 있었다. 평소에 잘 울리지도 않던 전화벨이 갑자기 요란하게 울린다. KBS에서 〈동방의 해양왕 장보고〉란 다큐멘터리를 만드는 데 출연해달라고 연락이 온 것이다. 전남 완도 장좌리 청해진 유적지 둘레에 굵은 나무 말뚝이 박혀 있는데 무슨 나무인지 알아내는 일이었다. 당시 나는 전임강사라는 타이틀을 달고 있는 새내기 교수였다. 평생 처음으로 방송에 출연하는 것이라 굉장히 조심스러웠다. 사실 예나 지금이나 대학교수의 매스컴 노출은 득보다 실이 더 많다. 마음대로 편집하여 자칫 엉뚱한 이야기가 전해지기라도 하면 동료들의 비판을 감수해야 한다. 잘 아는 선배 교수에게 조언을 구했다. 그래도 자기 전공을 알리는 지름길이니 출연하라고 권한다.

현장을 찾았더니 끝 부분만 남은 굵은 말뚝들이 작은 섬을 부분적으로 에워싸고 있다. 표본 채집하는 장면부터 인터뷰 형식으로 녹화를 했다. 너무 긴장하여 목소리가 올라가고 말이 빨라 몇 번 NG를 내면서 진행했다. 생애 첫 텔레비전 출연은 이렇게 겨우 마무리하고 말뚝마다 표본을 떼어내어 연구실로 가져왔다. 현미경 으로 분석했더니 소나무, 굴피나무와 함께 비자나무가 섞여 있다.

'오늘날 바둑판을 만들면 수억대를 호가한다는 그 귀한 비자나 무로 기껏 말뚝을 만들다니! 아무리 세월이 흘렀다지만 비자나무 가 당시에 그렇게 많았단 말인가?'

갑자기 비자나무 정체가 궁금해졌다. 대부분의 침엽수가 온대 나 한대 지방에 주로 자라는 것과 달리 비자나무는 난대 지방에다 터를 잡는다. 우리나라 남부 지방에서 섬 지방과 제주도를 거쳐 일본의 중남부에 걸쳐 아름드리로 자라는 큰 나무다. 우리나라 침 엽수 중에는 비교적 단단한 편이고 탄력성도 좋다. 나무에 수지(樹 脂) 성분이 많아 독특한 냄새가 나고 잘 썩지 않는다. 특히 습기에 강하여 땅속에 묻혀 있어도 잘 버텨 옛 임금님들의 관재(棺材)로 도 쓰였다. 이런 나무의 특성을 잘 알고 있던 신라인들은 당시 단 순한 말뚝이 아니라 성벽을 쌓는 것과 같은 목책(木柵)으로 귀하게 이용했다.

목질 유물로서 다시 비자나무를 만난 것은 그로부터 몇 년 뒤

완도 약산도 앞바다에서였다. 당시 그곳에서는 고려 시대 초기인 1000년대에 만든 것으로 추정되는 화물 운반선(일명 완도배)이 인양되었다. 배의 밑판 일부에 두꺼운 비자나무 판자가 섞여 있었다. 귀한 비자나무를 배를 만드는 데 쓰인 예는 이 배가 유일하다. 이후 서해안에서 인양된 십여 척의 우리 옛 배는 모두 소나무로만 만들어졌었다.

다시 세월이 한참 흐른 후 부여 능산리 백제 사비 시대 고분에서 나온 목관이 역시 비자나무임을 확인했다. 한마디로 삼국·고려 시대에 비자나무가 일반 목재로도 널리 쓰였음을 알 수 있다. 목재 이용은 물론 열매로 우리 몸속에 기생하는 촌충이나 회충을 퇴치하는 데도 유용했다.

좋은 나무로 널리 알려져 베어 쓰기만 하고 오랫동안 제대로 관리를 하지 않았던 탓에 한 아름이 넘는 굵은 비자나무는 대부분 없어져버렸다. 남아 있는 굵은 비자나무 몇 그루는 천연기념물로 지정되어 보호 받고 있다. 오늘날 남부 지방의 비자나무는 장성 백양사, 고흥 금탑사, 화순 개천사와 같은 고찰 주변의 숲에서 겨우 명맥을 유지하고 있다.

비자나무와의 만남은 최근까지도 이어졌다. 2008년 무렵 제주

비자나무 잎과 열매(상)
닭 뼈다귀 모양의 비자나무 가지(하)

구좌읍 평대리 비자나무 숲 소개 자료를 만드는 데 원고를 써달라는 청탁을 받았다. 숲 바닥에는 화산 폭발로 만들어진 현무암의 붉은 돌가루, 제주 말로 송이가 깔려 있는데, 관광객들은 여기저기서 닭 뼈다귀를 찾아 들고 신기해했다. 비자나무와 닭 뼈다귀는 아무래도 어울리지 않는 단어 조합이다. 하지만 실제로 비자나무 숲에는 닭 뼈다귀가 흔하다. 여기서 닭 뼈다귀는 비자나무 가지를 말한다. 진짜 닭 뼈다귀와 구분이 어려울 만큼 모양새가 영락없이 닮았다.

이곳은 비자나무가 집단으로 모여 살다 보니 생존 경쟁이 어떤 곳보다 심하다. 조그만 공간만 생기면 서로 가지를 내밀어 먼저 자리 차지를 해야 한다. 시간이 좀 지나면 경쟁에 져 그늘에 묻히는 가지들도 생긴다. 필요 없다고 판단되면 어미 나무는 망설임 없이 과감하게 가지를 떨어트려버린다. 숲 안은 공중 습도가 아주 높아 버려진 비자나무 가지들은 땅에 떨어지자마자 바로 썩기 시작한다. 나무껍질이 먼저 썩고 가지 고갱이만 남게 된다. 고갱이는 대체로 손가락만 한 길이로 표면이 갈색빛으로 변한다. 비자나무의 어린 가지는 주로 돌려나기를 하므로 가지가 붙은 부근인 양쪽 끝은 조금 울퉁불퉁하고 굵을 뿐만 아니라 쉽게 분질러진다. 결국

전남 고흥 금탑사 비자나무 숲

삼계탕을 먹고 쌓아놓은 진짜 닭 뼈의 모습을 그대로 쏙 빼닮은 '비자나무 닭 뼈다귀'를 만날 수 있게 된다.

수많은 나무 중에 가장 오래된 친구 나무를 꼽아보라면 나는 망설임 없이 '비자나무'라고 대답한다. 자라는 곳이 남해안과 제주도라 찾아가기는 어렵지만 여러 가지로 나와는 인연이 깊어서다. 비록 지금은 소나무나 전나무 등 다른 침엽수에 밀려 알아주는 사람도 많지 않지만 살아서나 죽어서나 선조들의 곁을 지켜온 역사 속의 비자나무다. 특별히 좋아하는 고흥 금탑사 숲으로 당장이라도 달려가 피톤치드를 가슴 깊숙이 들이마시며 나무를 안고 천년의 세월을 이야기해보고 싶다.

사철나무

가장 오래된
독도 지킴이 나무

사철나무는 자랄 터를 별로 가리지 않는다. 햇볕을 좋아하지만
그늘이 조금 들어도 그냥 잘 자란다. 그래서 사철나무는 우리 생
활 주변 어디에서나 만날 수 있다. 가까이 모여심기를 해도 서로
밀어내지 않고 어울려서 무리를 이루므로 산울타리 나무로 제격
이다. 그렇다고 꼭 울타리로 심어야 하는 것도 아니다. 혼자서도
잘 살아간다.

사철나무는 사람 키 남짓한 자그마한 나무로만 알려져 있고 수목도감에도 그냥 상록관목이라고 적혀 있다. 그러나 사철나무는 제법 큰 나무로 자란다. 큰 나무를 찾지 못했을 뿐이다. 울산 서생면 대송리에는 뿌리목 둘레가 50센티미터, 높이가 7미터에 이르는 큰 사철나무가 자란다. 그 외에도 충남 서산 부석면의 간월암에는 제법 고목나무의 형태를 갖춘 큰 사철나무가 자란다. 나무에무슨 서민이 있고 귀족이 있으련만 사철나무는 분명 민초들을 떠올리게 하는 나무다. 까다롭지 않고 아무 곳이나 잘 자라면서 추운 겨울에도 푸른 잎으로 살아 있음을 말해주는 불굴의 나무다.

내가 문화재위원이라는 감투를 쓰고 있을 때, 독도 자료를 검토하다가 바윗덩어리 섬에 사철나무가 널리 자란다는 사실을 알고무척 놀랐다.

'이게 과연 가능한 일인가?'

5월 중순의 맑은 날을 택하여 일부러 독도를 찾았다. 사철나무는 생각보다 많이 독도의 동·서도를 뒤덮고 있었다. 어떻게 된 일인가? 그 연유를 찾아보았다. 1900년 10월 25일 대한제국 칙령41호로 울릉도를 강원도 울릉군으로 승격시키면서 독도는 한국영토로 확실하게 편입됐다. 하지만 1905년 1월 28일 일본의 시마

네 지방정부는 한 물개잡이 어부가 제출한 독도 편입 청원을 그대로 받아들여 우리는 알지도 못하는 사이 자기네 영토를 만들어버린다. 시정을 요구하고 외교 문제로 삼아야 했음은 너무나 당연하다. 그러나 강제 병합 직전의 대한제국은 시비를 따지고 문제 삼

대한민국 영토 '독도'

을 여력은 물론 중요성을 알아차릴 선각자는 더더욱 없었다.

이렇게 어수선할 때, 우리 땅임을 확인하듯 가녀린 생명체 하나
가 움을 틔운다. 사시사철 푸른 잎을 달고 있는 사철나무 새싹이
었다. 독도는 화산재와 암석 조각이 쌓여 만들어진 응회암과 화산

각력암이 대부분이라고 한다. 이러한 암석은 풍화와 침식이 비교적 쉽게 진행되어 식물이 간신히 자리 잡을 수 있는 틈을 만들어 주기도 한다. 하지만 250~270만 년에 이르는 영겁의 역사를 가진 독도는 나무 한 포기의 자람도 내내 거부해왔다. 수백만 년 동안 고수해온 이 원칙은 일본의 독도 불법 편입 시기에 사철나무에게만은 예외적으로 적용된 것 같다. 물론 우연한 자연현상이겠지만, 독도 불법 편입을 알아차린 사철나무의 혜안 때문인 것 같아 괜히 가슴이 뭉클하다. 이제 사철나무는 110살이 넘었다.

독도 사철나무는 과연 어디서 왔는가? 울릉도에서 씨앗을 따먹고 독도에 날아와 실례를 한 철새들이 주인공이다. 사철나무는 동그란 열매 안에 주황색의 팥알 굵기 씨앗이 들어 있다. 씨앗은 붉은색 계통이라 새들의 눈에 잘 띄고 배고픈 계절의 먹이가 된다. 독도 바위틈에서 사철나무 씨앗이 싹 틔우고 살아가는 과정은 마치 나라를 잃고 고통 받는 민초들의 삶과도 대비된다. 맨 처음 자리 잡은 곳은 동도 천장굴 위 절벽이었다. 사철나무의 수명은 대체로 300살쯤이니, 일제강점기 동안의 독도 사철나무는 사람으로 치면 유년기였던 셈이다. 비옥한 땅에서 충분하게 수분 공급을

독도의 사철나무

받는 행복한 유년이 아니었다. 짠물과 바람과 지독한 가뭄을 혼자 견디면서 목숨만 간신히 부지하다 광복을 맞는다. 혼란기와 전쟁을 거치고 1953년 4월 20일 독도의용수비대가 우리 땅임을 확인하는 과정을 바라보면서 조금씩 몸체를 불려갔다. 아울러서 주위에도 자손을 퍼트려 오늘날의 '푸른 독도'를 만드는 데 기여했다.

차츰 소년기로 접어들기 시작한 독도 사철나무도 이제는 살아남을 수 있다는 자신감이 생겼을 것이다. 1982년 11월 16일, 독도천연보호구역으로 지정되면서 자람 터는 더욱 안전하게 보호받게 됐다. 이제 왕성한 청년기에 들어선 독도 사철나무는 주위에 형제자매도 늘렸다. 동도 천장굴 주변 두 곳에 일곱 그루(약 300평방미터), 서도 정상 부근의 세 그루(약 100평방미터) 등 모두 세 곳에서 십여 그루가 자란다.

독도 사철나무는 가지가 거의 땅에 붙은 채 아무리 거센 풍파가 닥쳐도 굳건히 잘 버티고 있다. 2012년 광복절을 맞아 문화재청에서는 동도 천장굴 사철나무를 천연기념물 538호로 지정했다. 독도를 몰래 일본 땅이라고 편입할 때 처음 뿌리를 내리고 온갖 역경을 극복하여 가장 오래된 고목이 된 이 사철나무는 이제 귀중한 문화재로서 독도의 정신적인 지주가 될 영목(靈木)이다.

한갓 미물에 불과한 사철나무가 무슨 영감이 있어서 먼저 독도를 찾아 정착을 한 것인가? 오늘날 우리는 자연의 모든 현상을 과학의 눈을 통하여 바라보지만, 독도 사철나무는 알 수 없는 특별한 영적 능력을 가졌을 것이라는 상상을 해본다. 어쨌든 독도에서 생물체로서는 가장 오래된 사철나무가 영원한 독도 지킴이로 남아 있기를 바랄 뿐이다.

고목나무를
찾아가는 여행

대학교수의 연구실을 부러워하는 사람들이 많다. 조용히 책이나 읽고 생각을 정리할 수 있는, 축복받은 공간이라고 알려져 있어서다. 그러나 이제는 사정이 달라졌다. 경쟁적으로 논문과 보고서를 써야 하고 각종 회의에 시달리며 학생 취업 지도까지 연구실을 근거지로 이루어진다. 요즘은 전공 구조조정이란 말도 걸핏하면 튀어나오니 연구실의 의자가 말 그대로 가시방석이다. 웬만큼 신경 줄이 굵지 않고서야 흔한 말로 스트레스에 시달리기 마련이다. 잠시 모두 잊어버리고 어딘가로 떠나고 싶어진다.

박목월 선생이 쓴 시 〈나그네〉 한 구절이 떠오른다.

'강나루 건너서/ 밀밭 길을/ 구름에 달 가듯이/ 가는 나그네/ 길은 외줄기/ 남도 삼백리/ 술 익는 마을마다/ 타는 저녁놀/ 구름에 달 가듯이/ 가는 나그네'

괴나리 봇짐 하나 둘러메고 남도 삼백 리 길을 훌쩍 떠날 수 있었던 옛 선비들이 부럽다. 하지만 낭만 시대의 꿈일 뿐, 지금은 어디를 가도 자동차 홍수에서 빠져나올 수는 없다. 핸들 잡고 한참을 내달려야만 그나마 쉼터에 찾아갈 수 있다. 모두가 바쁘게 움직이니 덩달아 싱싱 달려가본다. 하지만 다다르는 곳은 뻔하다. 이름난 절이 아니면 사람들의 발길에 반질반질 닳은 관광지다. 대체로 여러 번 가본, 같은 곳에 또 가기 마련이다.

조용히 자신을 추스르고 일상의 찌꺼기를 털어낼 곳은 없는가? 나는 현미경으로 나무 세포를 들여다보는 전공의 업이 지겨울 때, 전국의 고목나무를 찾아다닌다. 전공자의 조사와 연구를 위해서가 아니라 쉼터로서 찾아가기에도 부담이 전혀 없어서다.

문화재청에서 지정 관리하는 천연기념물 백칠십여 건을 비롯

시골길의 길섶을 한가롭게 지키고 있는 전북 정읍 금동 느티나무

하여 산림청의 보호수까지 합치면 나라가 관리하는 고목나무만 만사천여 그루가 넘는다. 전국에 거의 고루고루 흩어져 자라는 나무들은 민족의 역사가 서려 있고 문화가 묻어 있다. 문화재청이나 산림청 홈페이지에서 찾아보면 우리나라 어디에서라도 한 시간 이내에 나무를 만날 수 있다.

그의 자람 터는 대부분 한적한 시골 마을 어귀이다. 시간이 멈추어버린 듯 느릿함이 있는 곳, 도시의 번거로움을 털고 조용히 자신을 되돌아볼 수 있는 자리에 나무가 있다. 짧게는 수백 년에서 길게는 천년을 훌쩍 넘긴 '연륜'이 찾아간 우리들에게 경이로움마저 들게 한다. 그 앞에 서면 세월의 길이는 축지법으로 줄인 거리만큼이나 짧아진다. 우선 자연을 압도하듯 사방으로 펼쳐진 가지가 만들어내는 나무의 거대함은 그것 자체로도 위엄이 있다. 사람은 나이 들수록 모습이 추해지지만 나무는 오히려 더 아름답고 기품이 있다. 하찮은 세상사에 매달리다 번뇌의 문턱을 넘지 못하는 우리들을 넉넉하게 감싸줄 것만 같다.

뿐만 아니다. 어느 계절에 찾아가도 고목나무는 항상 품위에 알맞은 옷을 입고 손님을 맞는다. 봄날 새싹이 돋을 때는 희망과 생동감으로 고목이라는 나이를 잊게 한다. 여름의 푸름을 거쳐 가을에 이르면 제대로 색깔 맞춤을 한다. 붉음과 노랑을 기본 바탕으로 연출해내는 단풍의 향연은 짙어가는 가을과 함께 날마다 색깔을 달리한다. 고목이라고 결코 유행에 뒤처지지 않는다. 변화에 대한 발 빠른 적응력은 우리들이 타산지석으로 삼을 만하다. 이어지는 겨울의 나목은 삭막함 때문에 정체된 이미지로 다가오지만 사실은 그렇지 않다. 잿빛 줄기로만 나무를 보지 말고 큰 가지, 작은 가지, 이어진 잔가지로 훑어 올라가보시라.

푸른 하늘을 배경으로 섬세하게 뻗어나간 가녀린 가지 끝 부분들은 차가운 겨울 하늘과 대비되어 한없이 연약해 보여도 봄의 도약을 위한 '활력'이 숨겨져 있다. 고목나무의 진수는 외양만이 아니라 나이테에 간직한 그들의 내면에서도 찾을 수 있다. 정자나무 밑은 마을의 알림방이고 진정한 소통의 장이다. 그래서 기나긴 세월 동안 마을 지킴이로 살아온 나무는 원치 않아도 수많은 세상살

섬세하게 뻗은 가지가 돋보이는 겨울 팽나무

이에 얽혀들기 마련이다. 살아온 세월만큼이나 그가 겪었던 사연들은 많을 것이다. 수백 년 시공을 건너뛰어 나무와 사람에 얽힌 이야기들을 나이테로 셈하여 하나씩 곱씹어보는 것도 나무와의 만남을 한층 풍요롭게 한다.

2부
나무, 새로움을 발견하다

낙엽수로 살지 상록수로 살지, 나무는 자신의 의지대로 결정할 수 없다. 조상으로부터 물려받은 유전자와 주어진 환경에 맞춰갈 뿐이다. 사람도 마찬가지다. 자신의 능력과 이를 개발하고 가꿔줄 환경이 그 사람의 삶의 방식에 결정적인 영향을 준다. 다만 나무가 그러하듯 우리는 최선을 다할 따름이다.

생존을 위한 나무들의
전략적 제휴

아이 셋을 결혼시키면서 효자 효녀는 배우자를 직접 데려오는 자식이란 말을 실감했다. 연애결혼은 양가 모두 다소간의 불만은 있지만 부모로서의 무거운 책임에서 벗어날 수 있고 복잡한 과정을 거치지 않아서 좋다. 중매를 통하여 적당한 배우자를 찾아내는 일은 처음부터 머리가 아프다. 최고를 찾으려는 심리는 인간의 기본 욕망이다.

자식의 배우자도 이왕이면 완벽한 조건을 갖추기를 원한다. 혼담이 오가면 서로의 값어치를 저울에 올려놓고 정확히 계량하려든다. 그것도 옛날 대저울처럼 추(錘)의 위치에 따라 조금씩 무게가 왔다 갔다 하는 여유가 있는 것이 아니다. 그램 단위까지 정확히 나오는 전자저울로 달려고 한다. 당연히 몇 그램의 차이도 그 조정이 만만치 않다.

사실 동물 세계에서 인간만이 중매쟁이가 필요하다. 다른 동물들은 철저히 본인 책임 하에 배우자를 찾아낸다.

그러나 붙박이로 살아가는 식물은 서로를 찾아다닐 능력이 없다. 싫든 좋든 중매로 결혼할 수밖에 없다. 나뭇잎은 얼굴이고 손발은 나뭇가지이며 줄기는 몸통이다. 우리가 좋아하는 꽃은 동물로 친다면 치부(恥部)에 해당한다. 암술과 수술은 성기이고 꽃잎은 상대를 유혹하는 보조 기관이다. 대부분 암꽃과 수꽃이 같이 있지만, 꽃가루받이만은 다른 나무와 이루어지기를 바란다. 근친혼을 피하여 더 좋은 후손을 얻기 위함이다.

벌이나 나비를 중매쟁이로 두는 충매화(蟲媒花)가 가장 흔하고, 드물게 새에게 신세를 지는 조매화(鳥媒花)도 있다. 꽃과 벌, 꽃과 새 사이에는 '기브 앤 테이크'의 법칙이 철저히 지켜진다. 높은 영

곱게 핀 동백꽃

양가를 가진 꿀을 주고 대신에 꽃가루를 암술머리에 얹어달라는

거래다. 그래서 종(種)마다 그들만의 특별한 거래 노하우를 갖고

있다. 꽃의 색깔과 모양, 암·수술의 배치를 비롯한 꽃의 설계는

동백꽃에서 꿀을 따 가는 동박새 ⓒ원광대 김태영 교수

철저하게 찾아오는 고객 편의 위주로 이루어진다.

몇 가지 대표적인 예를 보자. 벚나무는 수십만 개의 꽃이 거의 동시에 핀다. 벚꽃이 필 때는 아직 봄이 무르익기 전이라 벌이 많지 않다. 벚꽃은 하나하나 떼어놓고 보면 주목받을 만한 특별함은 없다. 하지만 한꺼번에 대량으로 꽃을 피워 아무리 눈 어두운 벌이라도 금방 찾아낼 수 있게 했다. 한마디로 물량 공세를 펴서, 짧은 기간에 고객(벌)을 끌어들여 수정을 끝내버리는 '판매 전략'을 펴는 것이다.

동백나무는 좋은 시절 다 놔두고 하필이면 추운 겨울날 꽃피우기를 시작하는가? 나름대로 철저한 계산이 있어서다. 다른 식물들이 모두 꽃피우는 봄날은, 벌을 꼬여 오기 위하여 치열한 경쟁이 있을 수밖에 없다. 겨울은 이런 경쟁을 피할 수 있다. 그래서 11월 말쯤이면 하나둘씩 꽃피우기를 시작한다. 문제는 이럴 때 피는 꽃에 누가 꽃가루를 옮겨다줄 것인가이다. 꼭 벌과 나비만 수정시킬 수 있다는 법은 없다. 발상의 전환, 새와 거래를 트는 것이다. 이렇게 동박새와의 '독과점 거래'는 성립된다.

동백나무는 조금 긴 꽃 통의 맨 아래다 꿀 창고를 배치하고 동박새를 꼬여 온다. 꿀을 따 갈 때 깃털과 부리에 꽃밥을 잔뜩 묻혀 여기저기 옮겨달라는 주문이다. 동박새는 작은 곤충을 잡아먹고 살지만, 열량 높은 동백 꿀은 겨울나기에 반드시 필요한 고단위

영양식이다. 동백꽃의 진하고 붉은 꽃잎도 숨은 뜻이 있다. 새는 붉은 색에 특히 강한 인상을 받으므로 꽃을 쉽게 찾아오도록 배려한 것이다. 오직 동박새만을 선택하여 '올인'한 셈이다.

공짜 싫다는 사람 없다고 하는데, 나무 세계에서도 대가 없이 '바람'이라는 중매쟁이를 공짜로 이용하는 실속파들도 있다. 가벼운 꽃가루를 잔뜩 만들어 엄청난 물량을 한꺼번에 날려 보내는 '풍매화'가 이들이다. 꽃가루를 멀리 날려 보내기 위하여 소나무 종류는 꽃가루 양옆에다 작은 날개를 달아두기도 한다. 풍매화는 대부분의 바늘잎나무가 선택하는 방식이며 버드나무 무리 등 넓은잎나무 일부도 여기에 동참한다. 바람에 태워 대량 살포를 하면 적어도 꽃가루 하나쯤은 암술머리에 올라앉으리라는 계산을 한 것이다. 꽃이 중매쟁이를 불러들이는 방식은 나름대로 여러 가지 고안을 하고 끊임없이 진화하고 있다. 결국 선택은 부모가 물려준 노하우를 그대로 이어받는 것이다. 그러나 물려받은 특징대로 가만히 있어서는 안 된다. 주변의 환경에 맞추어 부지런히 변신을 해야만 멸종이란 비극에서 벗어날 수 있다.

모과나무

은은한 향으로
친근한 모과

집 안에 굴러다니는 장난감 중에 '못난이 삼총사'라는 인형이 있다. 하나도 아니고 셋씩이나 묶여 있는 못난이 인형은 보고 있으면 '참 못나기는 했구나! 그래도 귀엽다'는 생각이 든다.

늦은 가을의 정취를 느끼게 하는 모과는 이처럼 못생겼어도 친근감이 드는 과일이다. 흔히 '어물전 망신은 꼴뚜기가 시키고 과일전 망신은 모과가 시킨다'라고 한다. 모과를 날로 먹지는 않으니 과일에 넣어야 할지 조금은 헷갈리지만, 그렇다고 생김새로 망신까지 줄 정도는 아니다.

실제로 모과는 한결같이 못난이일까? 원래 소문은 확대 재생산되기 마련이다. 찬찬히 뜯어보면 울퉁불퉁 진짜 못난이는 그리 많지 않다. 요즈음 모과는 오히려 매끈매끈한 연노랑 피부가 매력 만점인 '미인 모과'가 대부분이다. 혹시 너나 할 것 없이 유행병처럼 번지는 성형수술을 모과도 받은 것이 아닌지 의심을 받을 정도다. 모과는 대체로 집이나 공공 기관의 정원에서 자라면서 비료도 얻고 병충해도 피하는 호강을 하다 보니 주름이 펴져버린 것 같기도 하다.

모과라는 이름은 '나무에 달린 참외'라는 뜻의 목과(木瓜)가 변한 것이다. 잘 익은 열매는 크기, 모양과 색깔까지 참외를 쏙 빼닮았기 때문이다. 참외의 모양을 두고 탓하지 않은 것을 보면 모과만 못생겼다는 것은 좀 억울한 면이 있다.

첫서리를 맞고 잎이 떨어져버린 나뭇가지에 매달린 노란 모과 열매는 또 다른 의미로 우리의 눈길을 사로잡는다. 배고플 때라면 더욱 한입 베어 먹고 싶을 만큼 먹음직해서다. 혹시라도 모양새에

반하여 한 번이라도 깨물어본 사람들은 시큼털털한 그 맛에 삼키지도 못하고 오만상을 찌푸려야 했을 것이다. '빛 좋은 개살구'라는 우리 속담이 모과 맛처럼 딱 들어맞을 때도 없다. 맛없다고 탓하는 것은 사람들의 생각이고 모과 자신은 다른 데 승부처를 둔 탓에 느긋하다. 먹음직한 열매를 매다는 것에는 다 계산이 있다. 사과·배·복숭아는 맛있는 과육 안에 단단한 씨를 품고서 동물들에게 제발 나 좀 잡아먹으라고 유혹한다. 물론 씨앗은 소화시키지 않는다는 전제다. 더 많이 더 멀리 후손을 퍼뜨려보겠다는 깊은 뜻이 깔려 있다.

그러나 모과는 한 단계 높은 전략을 구사한다. 우선 배고픔을 금세 해소해줄 것 같은 커다란 열매에다 은은한 향을 넣어두었다. 먹음직스러움과 향에 홀린 동물들은 나무에 달린 열매를 맛보려 할 것이다. 이것만으로는 전략이 성공할 수 없다. 그래서 모과는 열매가 쉽게 떨어지게 만들어두었다. 한마디로 열매를 따서 멀리 가져가 맛을 보라는 주문이다. 맛보면 틀림없이 그 자리에 버리고 가리라 예상한 것이다. 그나마 성깔 있는 녀석은 재수 없다고 발로 멀리 차버릴 것이니, 그래 주면 더더욱 좋다.

겨울이 지나고 봄이 오면 모과의 두꺼운 육질은 완전히 썩어버린다. 속에 들어 있던 씨앗들은 엄마가 챙겨준 풍부한 영양분에다 광물질까지 필수영양소를 바탕으로 새로운 삶을 힘차게 시작한다.

가을이 짙어가면 모과는 모양새만이 아니라 향으로 우리를 매료한다. 대체로 서리가 내리고 푸른 잎이 가지에서 떨어져나갈 즈음의 모과가 향이 가장 좋다. 완전히 노랗게 익지 않은 연초록빛일 때 따면 두고두고 향을 음미할 수 있다. 자동차 안이나 거실에 두세 개쯤만 두어도 문을 열 때마다 조금씩 퍼져 나오는 향이 매력 포인트다. 모과는 커다란 서재가 없더라도 책과 함께하는 공간이라면 다른 어느 곳보다 잘 어울린다. 은은하고 그윽한 향은 마음을 가다듬고 조용히 책장을 넘겨볼 여유를 주고 심신을 편안히 해주기 때문이다. 모과 향은 적당히 강하고 적당히 달콤하며 때로는 상큼하기까지 하다. 사실 우리는 향수라는 인공 향에 너무 익숙하여 모과 향의 은근한 매력을 잘 알지 못한다. 가을이 가기 전에 모과를 코끝에 살짝 대고 향을 맡을 수 있는 작은 여유라도 가졌으면 좋겠다.

모과는 향뿐만 아니라 일상에서도 친근한 존재다. 사포닌, 비타민-C, 사과산, 구연산 등이 풍부하여 약제로 쓰이고 모과차나 모

모과(상)
모과나무 꽃과 나무껍질(하)

과주로도 애용된다.

《동의보감》에서는 '갑자기 토하고 설사를 하면서 배가 아픈 위장병에 좋으며, 소화를 돕고 설사 뒤에 오는 갈증을 멎게 한다. 또 힘줄과 뼈를 튼튼하게 하고 다리와 무릎에 힘이 빠지는 것을 낫게 한다'고 소개한다. 민간에서는 모과를 차로 끓여서 감기 기운이 있고 기침이 날 때, 기관지염, 체하거나 설사가 날 때 보조 치료제로 쓴다. 잘 익은 모과를 얇게 썰어 꿀에 재어두었다가 두세 쪽씩 꺼내어 끓는 물에 타서 마신다.

모과주는 시고 떫은맛이 있긴 하지만 향이 좋은 과실주다. 깨끗이 씻은 모과를 하룻밤쯤 그늘에 말린 다음 껍질째 얇게 썰어서 모과 두 개 분량에 소주 반 되의 비율로 담가 밀봉해 두 달쯤 두면 된다.

중국이 고향인 모과나무는 고려 때의 기록이 있는 것으로 보아 벌써 그 이전에 우리나라에 들어온 것 같다. 천년을 넘게 이 땅에 살아오면서 이제는 고향 땅을 잊어버리고 우리의 다정한 이웃이 됐다. 은은한 향은 물론 약제에서 모과차와 모과주까지, 사람들이 베푼 것 이상으로 보답을 해주는 모과다.

쓰임새가 많지만
갈등을 일으키는 나무

5월은 '계절의 여왕'이라는 이름이 부끄럽지 않게 싱그럽고 아름답다. 어린이날 전후 봄이 한창 무르익어갈 즈음, 크고 작은 공원의 쉼터에는 연보랏빛 아름다운 꽃을 수없이 주렁주렁 매단 등나무가 눈에 들어온다. 등나무는 두루두루 쓰임이 많고 예쁜 꽃으로 우리 눈을 즐겁게 하며 쉼터의 그늘까지 만들어주는 고마운 나무다. 땅가림으로 투정 부리지 않고 아무 데서나 잘 자라주는 것도 이 나무가 사랑받는 이유 중 하나다. 등나무만큼 쓰임새가 많은 나무도 드물다. 알맞게 자란 등나무 줄기는 예전에 지팡이 재료로 쓰였으며 덩굴로는 바구니를 만들었다. 껍질은 매우 질겨 종이의 원료가 되었고 새끼를 꼬아 줄로 이용하기도 했다.

　그러나 등나무는 나무라는 이름에 어울리지 않게 처음부터 곧게 일어서지 못한다. 땅바닥을 기어 다녀야 하는 '뼈대 없는 집안'의 자손으로서 삶을 시작한다. 숲 속의 커다란 나무들 밑에서 아무리 헤매도 햇살의 은총을 입을 기회가 찾아오지 않는다. 어차피 위로 올라가야 살아남을 수 있다. 다른 나무의 도움이 절대적으로 필요하다. 그래서 등나무는 싹을 틔우면서부터 신세 질 나무를 찾는다. 높이 자란 이웃 나무에 다가가 허락도 없이 덩굴로 우선 몸체를 휘감는다. 굵은 몸체에 가느다란 덩굴을 갖다 붙일 때, 대부분의 나무들은 별다른 경계 없이 받아들인다. 하지만 해를 거듭할수록 감아둔 덩굴의 지름을 불려 어미 나무의 몸체를 옥죄기 시작한다. 두껍고 거칠거칠한 껍질을 벗겨내면, 나무 안쪽은 물기가 많고 말랑말랑한 얇은 안 껍질이 또 있다. 이 부분을 통해 잎에서 광합성으로 만들어진 영양분들이 뿌리로 내려가야만 나무는 삶을 이어갈 수 있다. 등나무의 옥죄임은 영양분의 통로를 막아버리는 셈이다. 결국 뱀이 먹이를 잡아 똬리를 틀고 조여서 질식시켜 버리는 것과 마찬가지로 나무줄기를 졸라 죽여버린다. 당하는 나무는 기가 막힐 노릇이지만 적절한 대응 수단이 없으니 운명처럼 받아들일 수밖에 없다.

　주변에서 흔히 만날 수 있는 등나무와 달리 칡은 숲에 가야 볼수 있다. 둘은 다 같이 공중질소를 고정해 쓸 수 있는 능력을 가진콩과식물이라 땅이 좀 척박해도 크게 탓하지 않는다. 칡은 양지바른 숲의 가장자리에서 나무줄기를 타고 순식간에 꼭대기로 올라간다. 칡은 옥죄기가 아닌 다른 방법으로 어미 나무를 죽음에 이르게 한다. 햇빛을 마음껏 받을 수 없도록 나무 위에서 이리저리넓적한 잎을 수없이 펼쳐댄다. 단 한 줌의 햇빛도 들어가지 못하게 두툼한 이불을 덮어씌운 형국이다. 밑에 깔린 나무는 제발 같이 좀 살자고 비명을 질러대지만 들은 척도 않는다. 결국 광합성을 하지 못한 어미 나무는 햇빛 부족으로 굶어 죽는다. 그뿐만이아니다. 시골길 전봇대를 타고 올라가 전선을 얼기설기 엮어놓아비 오는 날 전기 합선을 일으키기도 한다.
　그러나 옛사람들에게는 칡만큼 쓰임이 많은 식물도 흔치 않았

칡과 등나무가 얽히면 서로를 떼어내기 어렵다

다. '갈근(葛根)'이라 불리는 칡뿌리는 흉년에 부족한 전분을 공급하는 대용식이었으며 오늘날도 칡즙은 우리의 간식거리다. 질긴 껍질을 가진 칡 줄기는 삼태기를 비롯한 생활 용구로 널리 이용되었으며 다리와 배를 만들고 성을 쌓는 데까지 활용됐다. 그러나 지금은 숲을 망치는 유해 식물이다. 워낙 왕성한 생명력을 가지고 있어서 없애는 일이 만만치 않다. 우선 깊은 산에서 야산의 산자락까지 널리 퍼져버린 칡을 일일이 찾아 캐내는 물리적인 제거 방법이 가장 효과적이다. 그러나 막대한 인건비가 들며 장비로 처리하기도 어렵다. 칡은 우리 강토의 무법자로서 그 횡포가 날이 갈수록 더 심해지고 있다.

등나무와 칡이 살아가는 방식은 생태 질서를 지키지 않는 나무로서 악명이 높다. 우리말 갈등(葛藤)의 사전적인 뜻은 '개인이나 집단 사이에 목표나 이해관계가 달라 서로 적대시하거나 불화를 일으키는 상태'이며, '갈'은 칡이고 '등'은 등나무를 뜻한다. 둘은 다른 물체를 만났을 때는 물론 자기들끼리도 만나기만 하면 휘감기가 특기다. 저희들끼리 만나서 서로 뒤엉키기 시작하면 풀어낼 방법이 마땅치 않다. 칡이나 등나무는 선조가 만들어준 유전자

설계대로 살아갈 따름이라고 항변할지 모른다. 그러나 인간 사회의 규범으로 본다면 저희들끼리 만나서는 갈등을 일으키고, 다른 나무를 만나서는 꼭대기까지 올라갈 수 있도록 도와준 어미 나무를 결국 죽게 만들어버리는 배은망덕한 소행이 자못 괘씸하다.

나무 이름을 음미하면
당시의 문화가 보인다

제주행 비행기 안에서 알고 지내는 스님을 우연히 만났다. 공항에 내리면서 지금 제주 수목원에 가는 길이라고 했더니 따라가고 싶다고 한다. 오후 세미나까지 나도 시간이 있으니 기꺼이 동행하기로 했다.

스님들은 채식을 하는 분들이라서 식물에 관심이 많고 수도를 하는 곳이 숲 속의 절이므로 생활 공간 자체가 바로 나무 '현장 실

습' 장소다. 전문가라고 섣불리 아는 척했다가는 망신살 뻗치기 십
상이다. 살짝 긴장은 되었지만 조심스럽게 이런저런 나무 이야기
를 나누었다. 구슬만 한 크기에 까슬까슬한 열매가 달린 자그마한
나무 앞에 스님이 갑자기 걸음을 멈춘다. 순간적으로 당황하여 스
님 어깨에 걸쳐진 가사(袈裟)부터 잡아당겼다. 이런 돌발적인 행동
의 이유를 알 바 없으니 '처음 보는 나무군요, 이름이 뭐지요?' 하
신다. 스님의 머리 위에 눈길을 고정하고 멋쩍은 웃음으로 대답을
대신했다. 그리고 손가락으로 풀숲에 숨겨진 명찰을 가리켰다. 거
기에는 커다란 글씨로 '중대가리나무'라고 씌어 있었다. 열매의 생
김새가 삭발 머리와 비슷하다는 이유로 이렇게 스님들을 낮추어
부르는 비속어 이름이 붙었다. 기왕 이야기가 나왔으니 나무뿐만
아니라 풀에도 중대가리풀이 있다는 말씀도 해드렸다.

　대체로 나무의 이름을 붙일 때는 사람들의 첫눈에 들어오는 꽃
·잎·열매·껍질 등의 특징을 관찰하여 결정한다. 사람도 성 따지
고 항렬 따져 복잡하게 이름 짓기 이전이야 짱구·주걱·꺽다리 등
보이는 신체 모양으로 붙였을 터이다. 그러나 '중대가리'란 그 비
속어 자체가 조선왕조 내내 핍박 받아온 스님들의 아픈 박해 역사

를 되살리게 하는 것 같아 스님들에게 알려드리기에는 조금 민망하다. 하지만 버젓이 식물도감에 그대로 올라 있는 공식 이름이다. 일제강점기를 거쳐 처음 우리의 식물 이름을 정할 때, 부르기도 듣기도 민망한 이름들은 좀 더 깊이 생각하여 결정하였더라면 하는 아쉬움이 남는다.

스님의 머리를 빗댄 나무 이름은 이외에도 때죽나무가 있다. 초가을 하늘이 차츰 높아질 즈음부터 절로 들어가는 계곡에서 흔히 만날 수 있는 나무다. 5월에 피는 작은 종 모양의 하얀 꽃이 지고 나면 연한 잿빛의 약간 반질반질한 열매가 셀 수도 없이 주렁주렁 매달린다. 하나하나가 손가락 첫 마디만 한 열매의 종자 머리를 찬찬히 뜯어본 옛사람들은 천진난만한 동자승이 여럿 모여 있는 모양을 떠올린 듯하다. 바로 '중이 떼로 몰려 있는' 모습과 겹쳐지는 모양새다. 그래서 처음에 '떼중나무'로 부르다가 '때중나무'를 거쳐 지금의 이름 '때죽나무'가 됐다고 짐작한다. 중대가리나무처럼 스님을 낮추어 부르려는 뜻이 아니라 옛사람들의 익살이 배어 있는 재미있는 이름이다.

앞의 두 나무는 열매를 가지고 붙인 이름이고 꽃을 두고 부처님의 머리를 상상한 나무 이름도 있다. 꽃 모양이 마치 부처님의

스님 머리를 닮은 중대가리나무 열매와 잎

머리카락 모습인 꼬불꼬불한 나발과 닮은 불두화(佛頭花)는 초파
일 전후 대웅전 마당에 새하얀 작은 꽃이 촘촘히 서로 붙어 야구
공만 한 꽃무리가 달린다. 이런 이름은 조금 딱딱한 느낌이 들기
는 하여도 부처님의 이미지에 흠이 가는 것 같지는 않다. 또 참죽
나무와 가죽나무란 이름도 있다. 채식에 필요한 자원 식물을 훤히
알고 있는 스님들은 이른 봄 피어나는 어린 나뭇잎에서 어떤 것이
영양가 많고 맛있는지를 쉽게 찾아낸다. 참죽나무(참중나무)는 진

승목(眞僧木)에서 유래됐다. 새잎은 따다가 튀기거나 장아찌 반찬을 만들 수 있어서 스님들이 즐겨 먹는 진짜 중나무란 뜻이 담겨 있다. 가중나무는 생김새가 참죽나무와 비슷하나 냄새가 고약하여 먹을 수가 없다. 잎사귀를 먹을 수 없는 가짜 중나무, 즉 가승목(假僧木)을 따서 가죽나무(가중나무)가 됐다.

도를 닦고 기도하는 종교 생활의 수단으로 빠트릴 수 없는 염주는 사람들의 생각을 한곳으로 모아 잡념을 버리게 하는 도구로 알려져 있다. 염주의 재료는 귀중하게 여겼으며 열매를 따서 염주를 만들 수 있는 나무는 염주나무라는 이름으로 불렸다. 당연히 이 나무는 절에서 흔히 만날 수 있을 것 같다. 그러나 절에 심긴 염주나무(보리자나무)는 '보리수'라는 이름이 붙어 있는 경우가 더 많다. 부처님이 도를 깨우친 바로 그 진짜 보리수는 아열대 지방에 자라는 나무다. 우리나라에서는 자랄 수 없으니 대용 나무가 필요하였는데, 그 자리에 피나무의 일종인 염주나무(보리자나무)를 심었다. 이들은 추운 지방에서도 잘 자라며 열매로는 염주도 만들수 있다. 하트 모양으로 단정하게 생긴 잎사귀는 진짜 보리수와 잎 모양도 비슷하다.

스님과 관련된 나무 이름은 불교가 우리나라에 들어온 역사에 비하면 흔적이 많지 않다. 그나마 한때 왕실의 종교로서 숭상을 받던 삼국, 고려 시대에 스님과 관련하여 붙여졌을 아름다운 이름들은 대부분 조선왕조의 불교를 배척하는 사회 분위기 속에서 사라져버리거나 변형된 것 같다. 그러나 연유가 어떠하든 스님이라는 사회의 한 특수 계층을 두고 만들어진 옛 나무 이름 하나하나도 자세히 음미해보면 당시 사람들의 생활 문화를 읽을 수 있는 실마리가 된다는 점이 놀랍다.

밤나무
너도밤나무
나도밤나무

갖가지 사연을 간직한
밤나무 형제들

우리의 전래 민요 〈나무타령〉에 이런 내용이 있다.

'대낮에도 밤나무, 칼로 베어 피나무, 죽어도 살구나무, 깔고 앉아 구기자나무, 오자마자 가래나무, 불 밝혀라 등나무, 그렇다고 치자 치자나무, 거짓 없다 참나무, 방귀 꿔어 뽕나무……'

소리음으로 우리 주위의 흔한 나무를 익살스럽게 나타낸 그 기지가 돋보인다. 자연과 더불어 산 옛사람들의 곁을 한결같이 지켜온 나무 하나하나에는 삶의 일부가 녹아 있다. 그러나 여러 가지 나무 이름의 어원을 찾아 들어가다 보면 의미는 생각보다 단순하지 않다. 배고픔에 시달려온 우리의 선조들은 특히 먹을거리와 관계된 이름을 붙이는 것을 좋아했다. 국수나무, 이팝나무, 조팝나무 등은 모두 힘든 삶의 언저리에 남아 있는 이름들이다. 과일 나무들도 오늘날처럼 간식거리만이 아니라 배고픔에 허덕일 때 대용식으로서 중요한 역할을 했다.

밤나무는 가장 대표적인 먹거리 나무다. 약 이천 년 전의 가야 고분에서 밤이 나왔으며,《삼국유사》를 비롯해 수많은 옛 문헌에 밤과 관련된 내용이 나오는 것만 봐도 알 수 있다. 밤은 전분과 당분이 풍부하게 들어 있는 영양분의 보고이면서 예전부터 산속 어디에서나 쉽게 얻을 수 있었다. 밤나무란 이름도 작은 밤밤이 주렁주렁 매달려 있다는 뜻에서 유래하는데, 처음에는 '밥나무'로 부르다가 밤나무가 된 것으로 생각한다.

사정이 이렇다 보니 숲 속의 여러 나무들 중 조금이라도 닮기만 하면 밤나무 이름을 붙였다. 그래서 우리 나무 중에는 '너도밤나무'가 있는가 하면 이에 뒤질세라 '나도밤나무'도 있다. 너도 나도 사이좋게 모두 밤나무를 만들어 주린 배를 채워보고 싶다는 간절한 욕망이 들어 있는지도 모른다.

너도밤나무는 우리나라 어느 곳에도 없고 오직 울릉도에만 자라는 특별한 나무다. 한국에서는 울릉도로 밀려나버린 비운의 나무이지만 세계적으로는 널리 자라고 쓰임새가 많아 이름을 날리는 영광의 나무다. 조그마한 세모꼴의 도토리를 달고 있어서 상수리나무나 떡갈나무와는 같은 종류임을 미루어 짐작할 수 있으며 비슷한 열매를 달고 있는 밤나무와는 먼 친척뻘이다. 잎은 밤나무보다 약간 작고 더 통통하게 생겼으니 전체적으로 밤나무와 매우 닮은 셈이다. 이 나무를 처음 본 사람들은 '너도 밤나무처럼 생겼구나!'라고 생각했을 것이다. 그래서 울릉도 사람들은 하나둘 누가 먼저랄 것도 없이 이 나무에 자연스럽게 너도밤나무란 이름을 붙였을 것이다. 너도밤나무는 잎뿐만 아니라 열매의 특징으로도 밤나무 무리의 유전자가 조금 섞였으니, 출세한 친척의 이름을 빌려 쓴 것에 대하여 이해해줄 만한 구석이 있다.

그러나 나도밤나무는 사정이 다르다. 비슷한 이름을 가졌지만 족보를 따지고 들어가면 밤나무와는 옷깃 한번 스치지 않은 완전

밤나무

너도밤나무

나도밤나무

히 남남이다. 우선 콩알만 한 새빨간 열매가 줄줄이 매달리는 것만 봐도 밤나무와의 인연을 더욱 상상할 수 없게 한다. 나도밤나무는 남해안에서 섬으로 이어지는 따뜻한 지방에서만 가끔 볼 수 있을 뿐 조금만 추운 곳으로 올라와도 만날 수 없다. 다만 잎 모양이 진짜 밤나무보다 크고 잎맥의 숫자가 많아 언뜻 보아서는 밤나무로 착각할 수 있을 따름이다. 한마디로 나도밤나무는 밤나무와 잎의 생김새가 닮아 있기는 하나 실제로는 전혀 다른 나무다.

나도밤나무에는 이런 전설이 있다. 옛날 깊은 산골에 가난한 부부가 힘겹게 살아가고 있었다. 어느 날 부부는 꿈에 산신령이 나타나 몇 월 며칠까지 밤나무 1000그루를 심지 않으면 호랑이한테 물려가는 화를 당할 것이라는 계시를 받는다. 그날부터 부부는 밤낮을 가리지 않고 주위에 자라는 밤나무는 모조리 캐다가 열심히 심었다. 그러나 999그루를 심고서 마지막 한 그루는 도저히 채울 수가 없었다. 해가 지고 산신령이 말씀하신 운명의 시간은 다가오는데 뾰족한 방법이 없었다. 이런 이야기에 조금은 엉뚱하지만 율곡 선생이 밤나무 지팡이 하나를 들고 나타난다. 그는 밤나무 골이라는 호 율곡(栗谷) 덕분에 밤나무와 관련된 여러 전설에 단골로 등장한다. 선생이 가까이 있는, 한 나무를 지팡이로 가리키면서 네가 밤나무를 대신하라고 이르시자, 이 나무는 냉큼 '나도 밤나무요!' 하고 나선다. 호랑이 눈으로서야 '그게 그것'일 가짜 밤나무 한 그루를 마지막으로 채워 밤나무 1000그루 심기는 대장정의 막을 내린다. 그때까지 제대로 된 이름이 없었던 이 나무를 사람들은 '나도밤나무'라고 부르기 시작했다고 전해진다.

이처럼 나무들은 자기 이름을 갖게 된 갖가지 사연을 간직하고 있다. 그 내력이 아픔이든 기쁨이든 세월에 묻혀버린 옛사람들의 삶의 흔적을 나무 이름에서 찾아보는 재미도 쏠쏠하다.

벚나무

온통 벚꽃으로 가득한
대한민국

벚나무는 오늘날 우리 주변에 가장 흔한 꽃나무다. 가로수의
22퍼센트가 벚나무라는 통계까지 있다. 예전에 내 과목을 수강하
는 학생들 대상으로 '꽃나무 선호도 조사'를 했다. 예상 밖의 결과
에 깜짝 놀랐다. 무려 95퍼센트의 학생이 가장 좋아하는 꽃으로
벚꽃을 꼽았다. 사실 그럴 수밖에 없다. 꽃의 계절 4월이면, 각종
매체들은 각 지역별 벚꽃 피는 시기가 그려진 일기도를 보여주고

봄의 절정을 알린다. 멀리 제주도에서부터 서울 여의도에 이르기까지 벚꽃이 전국을 누비고 올라오는 모습을 현장을 중계하듯 전한다. 벚꽃은 봄의 상징으로 우리에게 이미 익숙하다. 물론 아름다움으로야 벚꽃을 따라갈 나무가 없다.

벚꽃은 잎이 나기 전에 큰 나무를 뒤집어쓸 만큼 많은 꽃을 일주일 남짓 일제히 피웠다가 질 때는 거의 한꺼번에 꽃잎 하나하나가 흩어져서 날아가버린다. 아름답고 깔끔한 벚꽃을 두고 누가 꽃 자체를 싫어하겠는가? 그럼에도 불구하고 벚꽃의 상징성을 생각하면 마음이 즐거울 수가 없다. 벚꽃은 안타깝게도 일본인들이 가장 좋아하는 꽃이며 그들의 역사와 문화 속에 깊이 간직되어 있는, 어디까지나 일본을 대표하는 꽃이기 때문이다.

일본에서 벚꽃은 약 1200년 전에 나온 시가집 《만엽집(萬葉集)》에 꽃의 아름다움을 노래한 시가 등장할 만큼 긴 역사를 갖는다. 근세에 들어서는 일본 군국주의 상징이었다. '가미가제(자살 특공대)'의 상징은 벚꽃이었고, 특공대원들은 '사쿠라 사쿠라'라고 적은 마지막 전문을 보낸 뒤 적진에 뛰어들어 벚꽃처럼 산화했다. 일본군 계급장과 100엔짜리 동전에도 벚꽃이 들어 있다.

반면에 우리에게는 아무런 벚꽃 문화가 없다. 선조들이 벚꽃을 꽃으로서 좋아하고 의미를 부여했다는 흔적은 어디에도 찾을 수 없다. 일반 백성들은 먹고살기 바빠서 한가하게 꽃구경을 할 시간도, 마음의 여유도 없었다. 꽃구경이라면 왕실이나 양반들이나 가능했다. 진달래가 만개하였을 때 찾아가 꽃전을 부쳐 먹고 아랫사람들과 하루를 즐기는 것이다. 오늘날이라면 야유회를 겸한 단합대회라고 할 수 있겠다.

우리는 벚나무를 보고 즐기기보다 일상에서 유용하게 사용했다. 자작나무와 따로 구분하지 않았으며, 껍질은 '화피(樺皮)'라고 이름 붙였다. 화피는 매끄럽고 켜켜이 쌓인 얇은 껍질을 벗겨 활몸의 탄력을 높이는 데 필수품으로 들어갔다.

옛사람들은 쳐다보지도 않던 벚꽃을 즐기게 된 것은 일제강점기, '하나미(花見)'라 불리는 그들의 문화가 전해지면서부터다. 1906년경 진해에 들어온 일본인들은 대륙 침략의 전진기지로 이곳을 개발하면서 집집마다 거리마다 벚나무를 심었다. 1910년 한일병탄 이후, 한반도로 일본인들이 이주해 오면서 그들이 좋아하는 벚꽃은 방방곡곡에 차츰 자리를 넓혀나갔다. 급기야 남의 나라 왕궁인 창경궁에다 동물원을 만들고 벚나무를 줄줄이 심어 그들

천연기념물 159호로 지정된 제주 봉개동 왕벚나무

의 꽃구경 문화를 옮기려 했다. 광복 후 반일 투사였던 이승만 대통령 시절 한때 벚나무를 베어내기도 했지만, 정권을 거치는 동안 벚꽃은 오히려 장려하는 꽃이 되어버렸다.

그렇다면 과연 무슨 근거로 벚나무를 무궁화보다 더 많이 사랑하고 가꾸고 있는 걸까?

이는 1962년 식물학자 박만규 씨가 왕벚나무의 원산지가 제주도 한라산이라는 주장을 하면서부터다. 물론 일제강점기에도 왕벚나무 제주도 자생설이 알려지기도 했지만 이 논문은 벚나무가 우리의 나무이므로 일본 꽃으로 알고 경원시하는 것이 잘못됐다는 논리를 개발하는 데 크게 기여했다. 이후 최근에는 DNA 분석을 통한 첨단 연구에서도 비슷한 사실이 확인됐다. 그렇잖아도 일본 문화에 친숙하여 벚나무를 심고 싶었던 사람들에게는 왕벚나무 자생설이 입맛에 딱 맞았던 것이다. 사실 원산지가 어디인지의 문제는 식물학자들의 연구 대상일 뿐이다. 그보다는 나무에 얽힌 역사와 문화가 몇 배 더 중요하다. 불행히도 우리나라에서 벚나무는 꽃나무가 아니라 껍질을 활에 이용하는 군수물자였을 뿐이다. 무궁화의 원산지가 우리나라가 아님에도 국화로 선정된 것에 대해 아무도 탓하지 않는 것처럼 말이다.

벚나무의 종류는 왕벚나무·벚나무·산벚나무·올벚나무·개벚나무·섬벚나무·꽃벚나무 등 이십여 가지에 이른다. 그러나 생김새가 비슷비슷하여 좀처럼 구별하기가 어렵다. 이들은 너무 닮아서 오랫동안 식물분류학을 공부한 전문가도 헷갈린다. 따라서 우리나라 원산인 제주도 왕벚나무만을 골라 심어도 보통 사람들의

가까이서 본 왕벚나무 꽃 모양

눈에는 '소메이 요시노(染井吉野)'라는 대표 일본 벚나무와 꼭 같이 보일 따름이다. 결국 온 나라를 일본인들이 가장 좋아하는 벚꽃 천지로 만들어주는 셈이다. 일본에서 흘러 들어온 벚꽃 구경 문화도 이제는 우리 국민 모두가 즐기는 연례행사가 되었다. 이 순간에도 지방자치단체에서 심는 가로수의 대부분은 제주도 원산이라는 왕벚나무다. 이렇게 가다 보면 우리나라는 오래지 않아 온통 벚나무 천지가 되기 십상이다.

오늘날 벚꽃에 길들여진 눈으로 보아 꽃이 아름답다는 이유 하나만으로 우리의 현대사를 망쳐놓고 조금도 반성할 줄 모르는 일본의 대표 꽃, 벚나무 심기를 계속할 것인지 생각해봐야 한다. 더욱이 우리 문화가 서려 있는 천년고도 경주를 비롯하여 유명 사찰 등 전통 문화유적지까지 벚나무로 뒤덮은 것은 분명 문제가 있다.

음나무
호랑가시나무
화살나무

나무의
초식동물 따돌리기

    지구상의 식물은 약 50만 종이나 되며 한반도에도 4500여 종의 고등식물이 자란다. 식물들은 각기 다른 특징과 나름대로 경쟁하여 살아남는 수많은 노하우를 갖고 있다. 살아남을 수 있는 여러 조건 중 하나는 초식동물로부터 봄날의 새싹을 잘 보호하는 일이다.

    가시투성이 음나무는 이른 봄날 다른 나무들이 아직 동면을 하

음나무 어린 가지의 험상궂은 가시는 차츰 퇴화하여 나무가 크게 자라면 완전히 없어진다

고 있을 때 조금 빨리 연초록에 유난히 굵고 큰 새싹을 내민다. 경쟁자가 적을 때 빨리 커다란 잎을 펼쳐 효과적인 광합성을 하겠다는 계산이다. 그러나 불행하게도 음나무 선조들은 결정적인 실수를 한다. 새싹은 씁쌀하고 달콤하여 부드럽게 씹히는 감칠맛이 일품이라 사람은 물론이고 초식동물까지 너무 좋아하는 것이 문제였다. 그대로 두었다가는 새싹은 잎도 펴보지 못할 판이다. 그들은 특별 대책을 세웠다. 짧고 날카롭게 생긴 가시가 마치 압핀을 뒤집

어 붙여놓은 것처럼 새 가지를 촘촘하게 완전히 둘러싸는 것이다.

시간이 흐르면서 음나무는 다른 동물들이 아예 먹을 엄두도 못 내게 진화했다. 노루, 사슴을 비롯한 대표적인 초식동물은 키가 2미터 남짓이니 이보다 더 크게 자라면 새싹을 먹을 수 없다. 음나무는 이런 사실을 이미 알고 있었던 것처럼, 험상궂은 가시는 나무가 자라 키가 크고 줄기가 굵어지면 차츰 없어져버린다. 큰 나무 꼭대기의 새싹을 먹어치우는 기린과 같은 키다리 초식동물은 적어도 음나무가 자라는 온대 지방에는 없다는 사실을 경험으로 알아낸 것이다. 사실 어린 가지를 가시투성이로 만들려면 생장과 결실에 필요한 더 많은 영양분을 아껴야 하는 희생이 뒤따른다. 종족 보전에 꼭 필요할 때만 가시를 매다는 이런 지혜가 돋보인다. 그러나 아무리 방비가 튼튼해도 사람은 따돌릴 수가 없었던 것 같다. 음나무 새싹은 봄이면 사람들의 손에 의해 잘려져 계절의 별미로 식탁에 오른다. 사람들 등쌀에 우리 산의 음나무는 두릅나무와 함께 멸문지화(滅門之禍)를 당할 기로에 서 있다.

어린 가지에 가시를 매달아 초식동물을 막는 음나무와 달리 잎을 변형시켜 대항하는 나무도 있다. 호랑가시나무가 대표적이다.

날카로운 가시를 가진 호랑가시나무 잎

어릴 때의 잎 모양이 너무나 특별하다. 흔한 긴 타원형의 갸름한 모양이 아니라 두툼한 두께에 긴 오각형이나 육각형으로 모서리마다 단단하고 날카로운 가시가 돋아 있는 잎이다. 잎 모양은 얼핏 피카소 그림을 보는 것 같기도 하고, 유치원 다니는 아이가 서툰 가위질로 아무렇게나 잘라놓은 것처럼 괴상하게 생겼다. 나뭇잎에 붙은 가시라고 얕잡아 봤다가는 크게 혼난다. '호랑가시나무'라는 이름도 호랑이가 등이 가려우면 잎에다 문질러댄다는 뜻에

코르크 날개깃을 달아 더 굵게 보이는 화살나무 가지

서 붙여졌다. 가시가 얼마나 날카롭고 억세면 호랑이 발톱과 비유
했겠는가? 아무리 튼튼한 입과 이빨을 가졌더라도 이 어마어마한
잎을 무시하고 먹어치울 수는 없다. 호랑가시나무 키가 커지면서
잎 가시는 차츰 퇴화하고 잎은 갸름한 보통의 모양을 띤다. 다만
잎 끝의 가시 하나만 남아 어린 시절 호랑이 등 긁개가 된 영광을
짐작케 할 뿐이다.

소극적이지만 나뭇가지를 더 굵어 보이게 하여 초식동물을 질리게 만드는 방법도 쓴다. 화살나무는 어린 나뭇가지에 화살 깃털을 닮은 회갈색의 코르크 날개깃을 달고 있다. 너비 5밀리미터의 얇은 깃이 세로로 2~4줄씩 붙어 있다. 원래 굵기에 코르크 깃을 합치면 비슷한 종류인 회잎나무나 회나무보다 3~4배 더 굵어 보인다. 이 특별한 모양새를 두고 예전에는 '귀전우(鬼箭羽)'라 불렀는데, 여기에는 '귀신의 화살 깃'이라는 뜻을 담고 있다. 이렇게 다른 나무가 가지지 못한 특별한 모습을 공들여서 만들어내는 데에는 이유가 있다. 좀 더 크게 보여 초식동물로부터 새싹을 보호하기 위함이다. 화살나무는 이른 봄 약간 쌉쌀한 맛이 나는 보드라운 새싹을 틔운다. 사람들도 화살나무 순으로 나물을 해 먹을 정도이니 초식동물도 좋아하는 먹을거리다. 그래서 굵기에 질려 함부로 덤벼들지 못하도록 하는 대책이 필요했던 것이다.

덧붙여서 날개깃의 코르크는 '수베린(suberin)'이라 하는데 초식동물이 좋아하는 당분이 전혀 없다. 야들야들한 먹이를 즐겨하는 녀석들이 양분도 없는 화살나무 가지와 새싹을 구태여 먹으려 하지 않는다. 덕분에 산길을 다니다 보면 화살나무는 다른 형제 나무들보다 훨씬 많이 만날 수 있다.

유나무, 호랑가시나무, 화살나무는 초식동물에 피해를 입지 않도록 진화한 덕분에 오늘까지 살아남을 수 있었다. 그들의 선조들은 어떻게 설계해야만 멸종이 되지 않을지 진화 과정을 거치면서 수없이 고민하고 변화했을 터이다. 주어진 환경에 안주하여 변화를 소홀히 했다가는 살아남기 어렵다는 현실은 나무 세계나 인간 세계나 살아 있는 삼라만상에게는 마찬가지인 것 같다.

북한의
천연기념물 나무들

　가끔 텔레비전에서 보여주는 북한의 산천을 볼 때마다 한국동란 직후 우리의 민둥산을 떠올린다. 어쩌다 오십여 년 전의 우리 풍경을 오늘의 북한 땅에서 봐야 하는지 씁쓸하다. 산이 저 모양인데 수백 년을 민초들과 삶을 함께한 살아 있는 문화재, 고목나무도 잘 살고 있는지 들여다보고 싶다.

　문화재청 자료와 해외우리어문학연구총서로 발간된《북한천

연기념물편람》을 중심으로 실태를 알아봤다.

천연기념물은 어느 나라나 '자연 산물로서 특별하고 희귀해 학술적으로 보존할 값어치가 있는 대상물'을 국가가 보호하는 것을 말한다. 우리나라의 천연기념물은 문화재청에서 엄격히 관리하고 있으며 관련 학자들이 모인 문화재청 문화재위원회의 여러 번에 걸친 심의 과정을 거쳐 지정된다. 북한 천연기념물도 관리는 내각 직속의 '조선물질문화 유물조사 보존위원회'란 곳에서 비교적 엄격히 해나가고 있는 것으로 알려져 있다. 그러나 일부 북한의 천연기념물의 지정은 우리나라를 포함한 다른 나라의 기준과는 너무 다르다.

우선 식물만 떼어서 좀 더 구체적으로 살펴보자. 북한 천연기념물의 가장 중요한 지정 기준은 '역사적 의의를 가지는 대상, 풍치적 의의를 갖는 대상, 학술적 의의를 갖는 대상, 경제적 의의를 가지는 대상'이다. 여기까지는 우리와 크게 차이가 없지만, 이어지는 다른 기준은 납득이 어렵다. '위대한 김일성 수령과 친애하는 지도자 동지의 고매한 덕성, 사회주의 애국주의의 교양에 이바지할 수 있는 자연물'로 되어 있다. 이어서 '우리 인민의 열렬한 애국 투쟁 역사와 향토애가 깃들어 있는 대상들을 선정하는데, 나무의 모양과 학술적 의의가 부족하더라도 역사적 사실이 중요할 때에는 우선 설정한다'고 쓰여 있다. 눈에 띄는 대목은 나무의 모양과 학술적 의의보다 '역사적 사실'이 더 중요하다는 점인데, 여기서 역사적 사실이라 함은 그들의 공산혁명 투쟁을 말하는 것이다. 이에 따라 공산혁명의 최고지도자 김일성 주석이 직접 심었거나 조그만 인연이라도 있으면 거의 천연기념물로 지정된다. 그가 기념식수한 나무들이 천연기념물이 된 경우가 여럿 있다.

북한의 천연기념물 1호는 1966년 직접 심었다는 능라도 산벚나무와 전나무다. 그 외 8호 문수봉 이깔나무, 395호 모란봉 전나무와 잣나무, 410호 장자산 잣나무도 역시 기념식수한 나무다.

김 주석과의 인연으로 천연기념물이 된 예도 몇 있다. 467호 오가산 원시림은 '오가산은 위대한 수령께서 어린 시절에 조국 광복의 원대한 뜻을 품으시고 배움의 천리길, 광복의 천리길을 걸으신 불멸의 자욱이 깃들어 있는 유서 깊은 곳'이라서 지정됐다.

또 42호가 된 평안남도 문덕군 마산리 장백부락 은정배나무의 지정 사유는 이렇다.

북한 천연기념물 묘향산 산뽕나무 비석

'위대한 수령께서는 가렬한 전쟁의 불비 속에서도 인민들의 생활이 염려되시어 1952년 9월 9일 이곳 한 농민의 가정을 몸소 들르시었다. 방문을 열어보니 집 안에는 신음 소리를 내며 누워 있는 한 소녀가 있었다. 열두 살짜리가 이 집 딸이었다. 잠시 근심어린 시선으로 소녀를 바라보시다가 이런 병에는 시원한 배가 좋다고 직접 여섯 알의 배를 소녀 아버지에게 주었다. 앓고 있던 소녀는 배를 먹고 병이 완전히 나아 다시 학교에 다닐 수 있게 됐다. 소녀의 아버지는 이 사실을 후세에 길이 전하기 위하여 배 씨앗을 소중히 보관했다가 이듬해 뜨락에 심었다. 그때 일곱 그루가 자랐는데 그중에 한 그루를 지금 이곳에 심어 키우고 있다. 1979년 5월 4일 이 사실을 보고 받고 '은정배나무'란 이름을 지어주었다.'

일국의 국가원수가 민정 시찰을 하다 아픈 환자를 만났으면 배 몇 알 줄 것이 아니라, 즉각 국공립병원에 입원을 시켜주거나 적어도 좋은 약을 주는 것이 상식이 아닌가. 이렇게 지정된 북한의 일부 천연기념물은 나이가 고작 60~70살에 불과하다. 원칙적으로 100살 이하의 나무는 천연기념물로 지정하지 않는 우리 기준과는 너무 다르다.

그 외 241호 이천 영웅은행나무는 '영웅'이란 이름이 들어간 사연이 가슴 아픈 우리 현대사를 되돌아보게 한다. 이 은행나무는 북한의 강원도 이천군의 군당위원회 뒷마당에 자라며 나이가 700살에 이르는 큰 나무다.

북한의 표현을 그대로 옮겨본다면 '가렬한 조국해방전쟁 시기인 1952년 8월 미제 놈들의 비행기가 은폐된 자동차를 발견하고 사정없이 들이닥치다가 높이 솟은 이 은행나무에 걸려 보기 좋게 박살당했다. 그때부터 영웅은행나무로 불리게 되고 수많은 사람들의 사랑을 받고 있다. 나무는 미제 놈들의 비행기에 부딪쳐 원대와 원가지들이 떨어져 없어지고 본래의 원가지가 하나밖에 없다. 그리하여 떨어져나간 자리에서 갱신 원가지들이 자라고 있다. 이천 영웅은행나무는 인민들과 청소년 학생들을 애국주의 사상으로 교양하는 데 중요한 의의를 가지므로 적극 보호하여야 한다'는 것이다.

물론 북한 천연기념물이 전부 이렇게 지정된 것은 아니며 우리와 마찬가지로 수백 년 된 고목나무 천연기념물도 여럿 있다. 그러나 일부 북한 천연기념물은 이념과 체제 그리고 가치관이 다르다는 것을 충분히 감안하더라도 우리 상식으로는 이해하기 어려운 것이 사실이다.

천사백 살의
대한민국 최고령 나무

직장인들은 흔히 아침 한 끼만 먹거나 잘해야 아침저녁 두 끼를 집에서 먹는다. 하지만 퇴직을 하고 나면 세 끼 다 챙겨먹는 경우가 많아 이런 남자들을 속칭 '삼식(三食)이'라 부른다. 갑자기 소파 지킴이로 거실을 차지해버리는 탓에 주부들은 삼식이 남편을 싫어한다. 그래서 평소에 잘 나가지도 않던 모임에도 열심히 얼굴을 내밀고 등산도 다니면서 일식(一食)이나 이식(二食)이가 되려고

노력한다. 다만 일주일 중에 토요일과 일요일은 당당하게 '삼식이'
가 된다.

나는 일요일 낮 시간에 방영하는 KBS의 〈전국노래자랑〉을 즐
겨 시청한다.

나이 좀 지긋한 분이 나와 '내 나이가 어때서, 사랑하기 딱 좋은
나인데……'를 구성지게 뽑아낸다. 조금만 나이를 먹어도 퇴물 취
급당하는 시대이니 이런 노래가 인기가 있나 보다. 우리는 장유유
서(長幼有序)라는 유교 문화에 길들여진 탓에 사람을 처음 만나 대
화 몇 마디가 오고가면 나이부터 따진다. 누가 형님이고 아우인지
를 알아내어 위계질서를 세우려는 의식이 우리 몸속에 흐르는 탓
이다. 때로는 나이를 따지다가 주먹다짐이 오고가는 일도 흔하다.
대인 관계에서 그만큼 나이가 중요하다는 의미이기도 하다.

이런 나이 따지기 습관은 나무를 만나서도 마찬가지다. 답사 여
행에 동행해보면 사람들은 나무 나이에 가장 관심이 많다. 좀 굵
은 나무라도 만나면 어김없이 나이부터 먼저 질문을 받는다. 굵기
와 나무의 자람 정도를 감안하여 적당히 대답을 하지만, 사실 나
무의 나이는 아는 방법이 마땅치 않아서 곤혹스럽다.

이론적으로는 일 년에 하나씩 만들어지는 나이테의 평균 지름

이 몇 밀리미터인지를 알면 계산할 수 있다. 예를 들어 나이테의 평균 지름이 5밀리미터이고 나무 직경이 1미터라면, 나이테는 동심원 상으로 만들어지므로 반경 50센티미터를 나이테 평균 지름으로 나누어 나이가 백 살임을 알 수 있다.

문제는 나이테 지름은 나무 종류에 따라 자라는 곳의 수분 상태나 비옥도에 따라 너무 큰 차이가 나므로 평균값을 내기가 어렵다는 점이다. 물론 드릴처럼 생긴 '생장추(生長錐)'로 나무줄기에서 속고갱이를 뽑아내어 나이테 숫자와 평균 지름을 알 수 있는 과학적인 방법이 있기는 하다. 젊은 나무에서는 비교적 정확한 나이를 알 수 있지만 오래된 고목나무는 속이 썩어버리는 경우가 많아 이 방법을 쓸 수도 없다.

그래도 사람들은 개략적인 추정 나이라도 알고 싶어한다. 은행나무·느티나무·팽나무 등 우리 주변에 흔히 자라는 수종의 고목나무는, 환경에 따라 크게 차이가 나지만 아주 개략적으로 나이테 평균 지름을 3~5밀리미터로 추정하여 계산한다. 자람이 늦은 주목, 비자나무 등은 1~2밀리미터로 추정한다. 물론 이런 값은 지극히 주관적이고 개략적이지만 전혀 모른다고 하는 것보다는 낫다. 실제로 고목나무 나이는 이와 같이 나이테 평균 지름을 추정하여 계산하는 생물학적인 나이와 민속학적인 나이, 즉 전설 나이로 나누어 취급한다.

예를 들어 경기도 양평의 용문사 은행나무는 마의태자가 짚고 다니던 지팡이를 꽂아 자랐다니 천백 년, 함양군청 앞의 느티나무는 조선 초기의 대학자 김종직 선생이 함양군수를 할 때 심었다고 전해지니 육백 살이란 식의 나이가 민속학적인 나이이다. 그러나 전설은 어디까지나 전설일 뿐이다. 그래서 나는 답사를 나가면 고목 나이는 '나무 자신과 하느님만이 정확히 알 뿐'이라고 말한다. 우스개로 들리지만 고목나무 나이에 대한 가장 적합한 표현이다. 세상사 진실을 모르고 넘어가는 일이 어디 고목나무 나이뿐이겠는가?

산림청 녹색사업단에 따르면, 우리나라 최고령 나무는 울릉도 도동항 절벽에 자라는 향나무가 이천 년 이상 됐다고 한다. 그러나 문화재청에서 공식적으로 인정하는 최고령 나무는 강원 정선의 두위봉에 자라는 천연기념물 433호 주목이다. 나이가 천사백 살, 계백 장군과 김유신 장군이 동갑내기다. 산속에 자연 상태로 자라므로 나무에 얽힌 전설은 없고 비교적 정확하게 측정한 생물학적인 나이이다. 두 장군은 영욕을 뒤로하고 한줌의 흙으로 돌아갔

겨울날의 태백산 주목 ⓒ태백시청

지만 이 나무는 아직도 푸름을 자랑한다. 주목을 우리는 흔히 '살아 천년 죽어 천년'이라고 말한다. 두위봉 주목이 천사백 년을 살고 있으니 살아 천년은 거뜬히 증명됐다. 죽어 천년도 실증 자료가 있다. 일제강점기에 평양 일대에서 발굴된 이천 년 전 낙랑고분의 일부 관재의 재질은 주목이었고 옻칠이 되기는 했지만 원래의 형상을 그대로 유지하고 있을 만큼 완벽하게 보존돼 있었다. 그 외에도 공주 무령왕릉에서 나온 천오백 년 전의 나무 베개의 재질도 주목이었다. 천년이 훌쩍 넘어서도 썩지 않고 보존되어 있으니 죽어 천년은 말할 것도 없다.

그렇다면 주목이 다른 수종에 비하여 더 오래 살고 잘 썩지 않는 이유는 무엇일까?

여러 가지 학설이 있지만 주목의 세포 구성에서 그 원인을 찾을 수 있다. 대부분의 나무들은 3~5종류의 세포를 적당히 배치하여 몸체를 만든다. 주목은 물을 운반하고 단단하게 지탱해주는 가도관(假導管) 세포와 양분 저장과 이동에 관여하는 방사유세포(放射柔細胞)라 부르는 달랑 두 종류의 세포뿐이다. 한마디로 생존에 절대로 꼭 있어야만 하는 세포로만 단순하게 구성되어 있는 것이다. 다양하게 역할을 분담시킬 세포를 따로 두지 않아 효율성이 떨어져 자람은 조금 늦더라도 에너지 소모가 적으니 오래 살 수 있다. 죽어서도 목재 부패균이 좋아할 세포는 방사유세포 하나뿐이니 잘 썩지 않는다. 욕심을 피우지 않고 간단히 단순하게 살겠다는 주목의 전략이 맞아 떨어진 것이다. 아울러서 몸체의 일부에는 암세포도 무서워하는 택솔(taxol)을 가지고 있으니 나무가 오래가기 마련이다.

세계적으로 보면 두위봉 주목의 나이는 젊은 편에 속한다. 스웨덴에는 2008년 조사한 바에 의하면 9550살 된 독일가문비나무가 살아 있다고 한다. 미국 캘리포니아 동쪽 화이트 마운틴에서는 5000년 이상 된 여러 그루의 브리슬콘 소나무(Bristlecone pine)가 자라고 있다. 또 일본 남부의 야쿠시마 섬에 자라는 조몽 삼나무는 7200살이 됐다고 한다.

두보(杜甫)는 시 〈곡강(曲江)〉에서 '인생칠십고래희(人生七十古來稀)'라 하여 '예부터 사람이 칠십을 살기가 쉽지 않다'고 했다. 지금이야 수명이 훨씬 늘어났다고 하지만 거의 만년의 삶을 누릴 수 있는 나무로서는 기껏 백 년도 살지 못하면서 바동대는 사람들을 측은하게 바라보고 있을 것 같다.

3부
나무, 추억을 기록하다

대가족을 경험했던 사람들은 할머니에 대한 추억이 애잔하게 남아 있을 것이다. 요즈음처럼 일 년에 겨우 몇 번 잠깐씩 만나는 할아버지 할머니가 기억에 별로 남을 수가 없다. 자손들과 같이 숲을 이루는 나무들처럼 함께 모여 오순도순 살아간 불과 한 세대 앞선 사람들의 삶의 방식으로 되돌아가고 싶다는 부질없는 생각도 해본다.

탱자나무

사과 서리와
울타리 나무

유년 시절 나는 대구 근교의 경북 경산에서 사과 농사를 짓는 할아버지 댁에 수시로 들락거렸다. 약간의 용돈을 더 얻을 수 있는 기회도 있고 일정 구간을 걸어가면 버스비도 조금 남길 수 있어서다.

첫서리가 내리고 사과 수확이 시작될 무렵의 어느 일요일, 늦잠을 자고 있는데 바깥에서 성난 할아버지의 목소리가 들린다. 문틈으로 내다보았더니 밑 빠진 양동이를 들고 서 있는 남자 아이 둘이 고개를 숙인 채 혼나고 있는 중이다. 얼굴이 낯익다 싶어 봤더니, 초등학교 동창과 그의 동생이다. 형제가 아침 일찍 밑 빠진 양동이로 사과 서리를 하려다가 들킨 것이다. 밖으로 나가서 동창생에게 내 얼굴을 내밀 수는 없을 것 같았다. 조금만 혼나기를 내심 바랄 뿐이었다. 다행히 할아버지는 낙과 몇 개를 줘서 돌려보내는 자비를 베풀었다. 이렇게 달래는 편이 또다시 사과 서리를 오지 않게 하는 데 도움이 된다고 판단하신 것 같다.

당시에는 멀리 떨어진 우물에서 물을 지게로 져다 먹던 시절이라 집집마다 물동이로 쓰는 양동이를 몇 개씩 갖고 있었다. 주원료인 주석이 잘 삭아서 흔히 밑 빠진 양동이가 집집마다 굴러다닌다. 폐품 활용에는 천재적인 재능을 가진 당시의 아이들은 밑 빠진 양동이를 사과 서리에 활용하는 아이디어를 냈다.

경산 일대 대부분의 사과밭 울타리에는 탱자나무를 심었다. 적당한 간격으로 심어둔 울타리 탱자나무는 자라면서 손가락 두 마디 길이 정도의 날카로운 가시가 돋아난다. 주먹 하나 들어갈 공간이 보이지 않을 만큼 촘촘히 가지를 뻗는다. 가시는 약간 모가 난 초록색이며 튼튼하고 험상궂게 생겨 다른 것들의 접근을 거부

노랗게 익은 탱자나무 열매

한다. 이런 철옹성을 쓸모없게 만든 비밀은 양동이가 가지고 있었다. 탱자나무 사이에다 양동이를 밀어넣고 기어 들어가면 된다. 양동이 지름이 어린아이 몸통 사이즈와 딱 맞다. 이보다 더 편리하고 안전한 사과 서리 용구는 없다.

겨울날의 탱자나무 울타리는 참새들의 천국이다. 덮개를 씌운 것처럼 수백 마리가 탱자나무를 뒤덮고 있다가도 하늘에 매가 떴다는 낌새가 보이면 순식간에 없어진다. 모두 탱자나무 속으로 들어가버리는 것이다. 가시에 찔리는 참새를 본 적이 없다. 이리저리 뻗은 가시를 어떻게 피하는지 신비롭다.

탱자나무의 가장 비극적인 쓰임은 '위리안치(圍籬安置)'다. 이는 옛날 죄인을 귀양 보내 주거지 제한을 하는 형벌로서 집 주위에 탱자나무를 빙 둘러 심어 바깥출입을 못 하게 한 것을 말한다. 그 외에도 국토방위의 첨병 역할도 했다. 탱자나무를 성 아래에 심어 가시 울타리로써 성을 더욱 튼튼히 보강해주었던 것이다. 특별한 장비를 갖추지 않으면 탱자나무 가시를 뚫고 성벽을 기어오르는 일이 녹록하지 않았다.

'형차포군(荊釵布裙)'이란 말이 있다. 가시나무 비녀와 베치마

옛 강화성 터 아래 자라는 탱자나무 고목

를 입은 검소한 차림으로 벼슬하는 남편을 도왔다는 중국의 고사다. 이처럼 고사성어나 문학작품에 자주 등장하는 가시나무는 어떤 나무일까? 수목도감을 찾아보면 엉뚱한 나무가 나온다. 제주도나 남해안에 자라는 종가시나무, 붉가시나무, 참가시나무, 개가시나무, 가시나무 등 늘푸른잎 참나무 종류를 묶어서 '가시나무'라고한다는 것이다. 당연히 참나무 무리인 가시나무는 가시가 없고 도토리가 달릴 뿐이다. 우리가 흔히 알고 있는 그 가시나무가 아니다. 날카로운 가시가 숭숭 돋아난 가시를 가진 나무를 상상해본다면 가시나무라 부르는 실제의 나무는 탱자나무로 대표된다.

탱자나무는 중국 양쯔강 상류가 원산지라고 알려져 있으며, 키 2~4미터 정도의 자그마한 나무다. 약간 모가 난 초록색 가지와 길고 튼튼한 가시가 특징이다. 색깔이 초록이라 갈잎나무임에도 잎이 진 겨울에도 얼핏 늘푸른잎나무처럼 보인다. 늦봄에 향기가 그만인 새하얀 꽃이 피고 나면 가을에는 귤과 거의 같은 모양의 열매가 달린다. 귤과 형제 나무지만 지독한 신맛에 먹지 않는다. 그러나 먹을거리가 턱없이 부족하던 어린 시절, 얼굴을 찡그려가면서도 한두 개씩 먹어치웠던 기억이 새롭다.

과수원과 탱자나무에 얽힌 아련한 추억들은 할아버지가 사과 농사를 그만두시면서 차츰 나의 뇌리에서 사라져갔다. 잊고 있던 탱자나무가 다시 추억을 일깨워준 것은 대학 4학년 때다. 경산 버스터미널 근처를 지나다가 소달구지를 끌고 가는 초라한 행색의 사과 서리 동창생과 길거리에서 딱 마주쳤다. 초등학교로 공부는 끝내고 농사꾼이 되어버린 그에게 별로 할 말이 없었다. 대학생이라는 나의 신분이 어쩐지 죄를 지은 것 같아 마주 쳐다보기도 민

빈틈없이 가지를 뻗은 탱자나무 울타리

망했다. 간단한 인사로 헤어지고 비포장 길로 석양에 긴 그림자를
만들면서 달구지와 함께 뚜벅뚜벅 걸어가는 그의 모습을 잠시 쳐
다보다 되돌아섰다.

　세월은 흘러 부동산 붐이 한창 불던 1990년대의 어느 날, 초등
학교 동창회에서 말끔한 신사복 차림의 그를 다시 만났다. 가지고
있던 농토가 도시 개발에 편입되면서 보상금으로 경산 시내 요지
에 제법 커다란 빌딩을 갖게 됐다는 것이다. 비로소 나는 그를 똑
바로 쳐다보고 자유롭게 웃으면서 이야기를 나눌 수 있었다.

할머니가 가장 좋아하셨던
화투장 속 나무

　　바로 밑 동생과 두 살 차이인 나의 어린 시절 추억은 주로 할
머니로 가득하다. 앞산에 도토리를 주우러 가버린 할머니를 찾아
무작정 나섰다가 마을 앞을 흐르던 밀양강에 막히자, 강가에 앉
아 종일 울어댄 일이 가장 오랜 기억으로 남아 있다. 할머니가 일
하면 옆에 앉아 있었고 마을을 가면 꼭 따라붙었다. 나에게는 할
머니가 아니라 엄마였다. 할머니는 내가 고등학교 2학년 때 뇌졸

중으로 반신불수의 상태가 되셨다. 입시 준비를 한답시고 한 번도 할머니의 수족이 되어드리지 못했다. 대학 입학으로 수원에 올라 오고 나서부터는 방학 동안에만 만나는 할머니와 잠깐의 말벗도 되어드리지 못했던 일이 지금도 후회스럽다.

대학을 졸업하고 진로를 고민할 때다. 공부를 좀 더 해보겠다는 핑계로 집에 내려가지 않고 수원의 하숙집에서 세월만 뭉개고 있었다. 동생들과 교대로 할머니 병 수발 들기가 싫은 것도 큰 이유였다. 2월 초의 유난히 추운 날 하숙집으로 전보 한 장이 날아들었다. 전화가 제대로 없던 당시의 유일한 긴급 연락 수단이다. 할아버지가 돌아가셨다는 전보였다. 급히 집으로 달려갔다. 골목길로 들어서는데 초등학생이었던 막냇동생이 '큰형! 할매도 외할매도 다 죽어버렸다'고 한다. 집에 가보니 사실이었다. 할아버지가 먼저 운명하시고 이에 충격을 받은 할머니도 곧 돌아가셨다. 가까운 곳에 사시던 외할머니는 문상을 오셨다가 뇌출혈로 돌아가셨다 한다. 흔히 말하는 줄초상이었다.

정신없이 장례를 치르고 할머니의 유품을 정리했다. 사실 장례 기간 내내 슬픔으로 가슴이 먹먹하기는 했지만 눈물이 펑펑 쏟아

질 만큼은 아니었다. 하지만 할머니의 소박한 여러 유품들 중에 화투를 보는 순간 그냥 눈물보가 터졌다. 텔레비전은 물론 라디오도 없던 시절이며 혼자서는 거의 걸을 수도 없는 할머니의 소일거리는 하루 종일 화투 놀이가 전부였다. 얼마나 많이 만졌던지 화투 한 장 한 장의 모서리는 전부 닳아 직사각형이 아니라 긴 타원형이 되어 있다. 당시의 화투는 뒷면에 횟가루를 얇게 발라 빳빳하게 만들었다. 아무리 조심스럽게 다뤄도 쉽게 망가지고 심지어 반 토막으로 분질러져 버리기 일쑤다. 할머니는 종이를 덧붙여가면서 화투를 사용하셨다. 내 한 달 용돈의 조금만 떼어내면 새 화투를 사드릴 수 있었을 터라고 생각하니 더 눈물이 났다.

새삼스럽게 화투 그림 속 식물에 눈길이 간다. 8월의 '달'과 12월의 '비[雨]'를 제외하면 나머지는 모두 식물이다. 1월 소나무, 2월 매화나무, 3월 벚나무, 4월 등나무, 5월 붓꽃, 6월 모란, 7월 싸리, 9월 국화, 10월 단풍나무, 11월 벽오동나무를 형상화했다.

할머니는 무슨 식물을 가장 좋아하셨을까? 2월 매화일 것이라고 금방 단정할 수 있었다. 그러고 보니 유별나게 매화가 그려진 화투 네 장이 더 많이 닳은 것 같다. 생전에 할머니가 매화를 좋아

경북 안동 도산서원 백매화

하셨던 기억이 떠올랐다. 마당 구석에 조그만 빈터라도 생기면 어디서 구해 오셨는지 작은 매화나무라도 꼭 한 그루 심었다. 유난히 일찍 꽃피는 할머니의 그 나무가 '매화'라는 사실을 안 것은 물론 대학에서 수목학을 배운 다음이다. 선비들의 꽃인 매화에 할머니가 남다른 애정을 가진 데는 아마 성장 배경과 관련이 있는 것 같다. 할머니는 연산군 때 '무오사화(戊午士禍)'로 희생된 김일손

전남 장성 백양사 홍매화

선생의 후손이다. 종가는 경북 청도 이서면 토평리 백곡마을이며 할머니는 시집오기 전까지 여기서 자랐다. 어린 시절 선비들이 좋아하는 매화를 봐오면서 매화에 깊은 애정을 가지지 않았나 싶다. 매화가 예쁘게 찍힌 큼지막한 사진 한 장이라도 구해드렸더라면 조그만 화투 그림 속의 매화를 더 만지고 보시지 않아도 됐을 것이라고 생각하니 다시 가슴이 아파온다.

이런 할머니에 대한 죄스러움과 후회는 오래지 않아 잊히고 일상으로 되돌아왔다. 세월이 한참 흐른 뒤, 오랜만에 친구들과 모여 고스톱을 치다 보니 횟가루 화투장이 아니다. 플라스틱으로 만든 속칭 나일론 화투가 처음 등장한 것이다. 선명한 인쇄 상태며 매끄러운 촉감이 너무 좋다. 그때서야 오랫동안 잊고 있던 할머니 유품 화투장이 떠올랐다. 가게로 달려가서 가장 좋다는 화투 한 모를 샀다. 시제 때 가져갈 요량으로 연구실의 서랍 깊숙이 넣어 두었다. 그러나 서랍을 열 때마다 할머니 생각이 떠올라 시제까지 기다릴 수가 없다. 어느 날 아무에게도 말하지 않고, 살고 있던 광주에서 선산이 있는 경북 청도까지 천 리 길을 혼자 달려갔다. 할머니 묘 앞에 나일론 화투를 놓고 큰절을 올리는 것으로 내 마음 속의 '화투 짐'을 내려놓기로 했다.

지난 2013년 청도군의 의뢰를 받아 고목나무 일제 조사를 할 기회를 가졌다. 할머니의 생가를 찾아가 뭔가 흔적을 알아보고 싶었다. 김일손 선생 종갓집 마당에 서서 할머니의 어린 시절을 함께한 고매(古梅) 한 그루를 찾으려 사방을 둘러봤다. 그러나 이런 흔적들이 남아 있기에는 지나온 세월이 너무 길었다. 10년생 남짓한 매화 몇 그루가, 여러 번 고쳐 지어 고풍이 사라져버린 종갓집을 무심히 지키고 있을 뿐이다.

대가족을 경험했던 사람들은 할머니에 대한 추억이 애잔하게 남아 있을 것이다. 요즈음처럼 일 년에 겨우 몇 번 잠깐씩 만나는 할아버지 할머니가 기억에 별로 남을 수가 없다. 자손들과 같이 숲을 이루는 나무들처럼 함께 모여 오순도순 살아간 불과 한 세대 앞선 사람들의 삶의 방식으로 되돌아가고 싶다는 부질없는 생각도 해본다.

아까시나무

잊을 수 없는
봄날의 꽃향기

전남대학교에 근무하던 시절이다. 온통 붉은 황토로 이루어진
나지막한 야산에 터를 잡은 학교에는 여기저기 아까시나무가 유
난히 많았다. 5월 하순의 어느 날 감미로운 아까시나무 꽃향기가
따분하게 책장만 넘기고 있는 나의 코끝을 간질인다. 그냥 앉아
있기에는 너무 좋은 계절이다. 할 일을 제쳐두고, 도서관을 찾아간
다는 마음속의 외출 핑계를 만들어 연구실을 나섰다.

아까시나무가 숲을 이룬 작은 언덕을 걸어가고 있을 때다. 갑자기 큰 소리가 난다.

'민주회복! 독재타도!'

아까시나무 밑에 서 있던 한 학생이 가방에서 플래카드를 꺼내 펼치면서 내지른 외침이다. 당시 대학은 사복형사가 '물 반, 고기 반'이었다. 거의 학생 수만큼이나 많이 들어와 있다는 뜻이다. 어디선가 여러 명의 사복형사가 번개처럼 나타나 짓누르고 비틀고 입을 틀어막아 질질 끌고 가버린다. 대단한 중범죄도 아닌데 잡아가는 방식이 너무 폭력적이다. 멀지 않은 곳에서 이 광경을 바라본 나는 두 주먹을 불끈 쥐고 가슴만 벌렁거렸지 끌려가는 그 학생을 위하여 아무 일도 할 수 없었다. 그 자리에 한참 동안 멍하니 서 있던 나는 심한 자괴감에 빠졌다. 직접 가르치지 않은 얼굴 모르는 학생이지만 대학의 한 식구다. 식구가 끌려가는데 어찌 연유도 못 물어봤단 말인가? 지레 겁을 먹어버린 나약한 지성인인 내가 지금 생각해도 창피하고 부끄러울 뿐이다.

비극적인 광주 민주화 운동이 일어났을 때, 학교 뒤쪽 오치동에 살았다. 운동의 본거지 전남도청이 있는 금남로와는 상당한 거리가 있는 변두리다. 밤마다 옥상에 앉아 들려오는 총소리가 얼마나 큰 비극을 잉태하고 있었는지는 짐작도 못 한 채, 터지는 조명탄을 마치 불꽃놀이 보듯 하고 있었다. 항쟁 기간 내내 꼼짝없이 집에 갇혀 지냈다. 텔레비전과 라디오, 전화까지 불통이었다. 유언비어만 들려오는 암흑의 일주일 동안은 불안으로 잠 못 드는 밤을 보냈다.

상황이 끝나고 5월 27일에 학교로 향했다. 세상이 너무 궁금하여 동료 교수들을 얼른 만나고 싶어서다. 대학 후문에는 완전무장한 공수부대 군인들이 삼엄하게 지키고 있다. 안으로 들어가려는데 느닷없이 신분증을 내놓으란다. 너무 위압적이라 '내 학교 내가 들어가는데 무슨 신분증이냐'는 항의 한마디 못 했다. 신분증을 보여줬더니 아직 앳된 얼굴의 육군 중위가 턱으로 들어가라는 신호를 한다. 순간적으로 욱했지만 대응할 분위기는 아니었다. 나를 노려보는 그의 눈빛이 너무 섬뜩했다.

5월의 따사로운 햇빛이 가져다주는 아늑하고 평화로운 느낌이 아니다. 무겁고 오히려 기괴함이 친숙한 교정을 감싸고 있다. 본관 앞을 지나는데 향긋한 꽃내음이 코끝을 간질인다. 한창 피고 있는 아까시나무 꽃향기다. 엄혹하고 갑갑한 현실을 잊어버린 채, 잠시

생각에 잠겼다. 아까시나무 앞에 조용히 서서 눈을 지그시 감았다.

'동구 밖 과수원길 아카시아 꽃이 활짝 폈네/ 하얀 꽃 이파리 눈송이처럼 날리네/ 향긋한 꽃냄새가 실바람 타고 솔솔/ 둘이서 말이 없네 얼굴 마주보며 생긋/ 아카시아 꽃 하얗게 핀 먼 옛날의 과수원길'

맑고 깨끗한 아이들의 노랫소리가 금방 들려올 것 같다. 주인인 학생들이 모두 쫓겨나버린 대학 건물의 옥상마다 기관총의 총구가 캠퍼스를 내려다보고 있다. 이 참담한 현실은 아까시나무 꽃향기에 묻어버리고 무거운 발걸음으로 연구실로 향했다.

다시 시간이 흘렀다. 민주화 운동 4주기가 될 무렵인 1984년 5월이다. 예의 감미로운 아까시나무 꽃향기가 캠퍼스를 감싸는 계절이 또 돌아왔다. 교수 식당 테이블 위에는 전단지가 나돈다.

'존경하는 교수님! 진정한 학원의 민주화와 사회의 민주화를 위한 교수님의 첨예한 전위 의식 때문에 강의실에서도 저희들은 배울 수 없었습니다. 저간의 학내 사태 과정에서 저희들은 불행하게도 학생들의 정당한 민주화 운동을 저지하는 창백한 인텔리의 초라한 모습을 볼 수 있을 뿐이었습니다. 민주적인 집회를 저지하시던 교수님의 모습에서, 그 집회에 참가했던 학생들을 문제 학생으로 지목하여 가족과의 불화를 야기했던 교수님의 모습에서 저희들은 안타깝고 착잡한 심정을 감출 수 없습니다. 동기는 순수했을지라도 교수님들의 그 모습이 과연 누구에게 이로울 것인가에 대해 의구심을 갖지 않을 수 없습니다. 만약 그것이 정권 집단의 안보에 기여하는 결과가 된다면 저희는 교수님을 어떻게 보아야 합니까?'

구구절절 옳은 말이고 사실이다. 학생이고 교수고 저항은 너무나 큰 불이익으로 돌아온다. 당장에 학교를 쫓겨나야 하니 모든 것을 감수하겠다는 각오가 없으면 그냥 보고 있을 수밖에 없다. 그러나 나처럼 행동하지 않은 양심이 아니라 모든 것을 각오한 용감한 교수나 학생들이 있었기에 오늘 우리가 누리는 민주화의 불씨를 만들 수 있었다.

　나는 지금도 5월의 그 감미로운 아까시나무 꽃향기를 순수하게 맡지 못한다. 교정의 아까시나무 꽃향기 기억이 떠오르기 때문이다. 한국전쟁 이후 가장 큰 비극이라는 광주 민주화 운동 당시에 내가 맡은 아까시나무 꽃향기는 단순한 꽃향기가 아니었다. 분노의 향기, 통한의 향기, 가슴이 미어지는 향기였다. 수십 년의 세월이 흘러 세상도 변하고, 가치관도 변하고, 사람도 변했다. 무한경쟁에 내몰려버린 지금의 대학에서는, 나를 포함하여 한 몸 희생하여 사회적인 불의에 저항하겠다는 투지는 아예 없어져버린 것 같다. 물론 이제 그럴 일은 없다고 강변할지 모르지만.

자두와
뿔피리

초등학교 입학 전후쯤으로 기억한다. 호기심이 많던 나이라 집
안 구석구석 뒤지기를 좋아했다. 놀이 기구로 쓸 수 있는 적당한
대용품을 찾을 수도 있고, 엄마가 숨겨둔 맛있는 먹을거리를 뜻밖
에 찾아낼 수도 있어서다. 가장 보물이 많은 곳은 안방 다락이다.

어느 가을날 귀하게 쓸려고 꽁꽁 숨겨둔 설탕 봉지를 용케 찾
아냈다. 군침이 넘어가서 참을 수가 없다. 봉지 한쪽을 살짝 찢어

엄지와 검지로 조금 집어서 맛을 봤다. 그 달콤함에 세 번쯤 더 맛을 보다가, 들키면 혼날 것이라는 생각이 퍼뜩 들어 다락을 내려왔다. 그래도 혀끝에 남아 있는 그 달달한 맛을 영 잊을 수가 없다. 다음 날 다시 다락으로 올라갔다. 이렇게 며칠을 반복하다 보니 손가락으로만 먹어서는 성이 차지 않는다. 부엌에서 찻숟가락을 찾아내어 아예 본격적으로 덤볐다. 처음에는 표면만 살살 긁어먹다가 두더지처럼 굴을 파고 들어갔다. 이렇게 하면 들키지 않을 것이라는 단순한 생각이었다. 포장지가 완전 방수가 아니라 오래 둔 설탕은 약간 딱딱해지므로 굴 파기가 가능하다. 먹다 보니 점점 대범해져서 결국은 5킬로그램 남짓한 설탕 한 봉지를 모두 먹어치워 버렸다. 시간이 좀 지나 빈 봉지만 발견한 엄마는 애매한 동생들을 먼저 족쳤다. 처음부터 죄가 없는 동생들의 알리바이는 금방 증명됐다. 장남인 내가 아니면 이런 일을 벌일 사람이 없다는 논리로 추궁이 들어오자 손을 들 수밖에 없었다. 크게 혼날 각오를 하고 있었는데, 뜻밖에 다시는 그런 짓 하지 마라는 주의 듣는 것으로 넘어갔다. 아마 어린것이 얼마나 먹고 싶어서 그랬겠냐는 측은지심 덕분이 아니었나 싶다.

설탕 사건이 있은 지 한참 후, 지금도 마찬가지지만 초등학교 앞 문방구에는 초등학생이 호기심을 끌 물건들이 가득히 쌓여 있었다. 맨 앞에 진열된 예쁜 뿔피리와 실로폰 장난감을 너무 갖고 싶었다. 플라스틱 제품으로 기억되는데, 당시로는 귀하디귀한 고급 장난감이었다. 등하교 때마다 문방구 앞에서 한참씩 바라보며 눈요기를 했지만 내 손에 넣을 방법이 없었다. 어렵던 시절이라 사달라고 졸라봤자 연필과 공책 이외의 꼭 필요치 않은 장난감은 어림없다는 사실을 어린 나도 잘 알고 있었다. 이렇게 거의 한 학기가 다 갈 무렵이었다. 열려 있는 엄마의 지갑이 눈에 들어왔다. 동시에 뿔피리가 떠올랐다. 갖고 싶다는 욕심뿐, 다음에 혼날 일은 떠오르지도 않았다. 지갑에서 이승만 대통령 얼굴이 들어간 오백 환짜리 지폐 한 장을 꺼냈다. 정확한 돈 값어치는 잘 모르겠으나 고액권임에 틀림없었다. 바로 문방구로 달려가서 평소에 눈독 들였던 장난감을 모두 샀다. 부모님 눈에 띄면 금방 나의 비행이 들통 날 것 같아 밖에서만 가지고 놀았다. 집에 와서는 처마 밑이나 창고 등에 숨겨두었다가 등교할 때 가져갔다. 며칠 뒤 지갑에서 돈이 없어진 것을 알아차린 엄마는 싸리나무 회초리로 나의 종아리를 치면서 자백하라고 족쳤다. 겁도 나고 크게 혼날 것 같아 매를 맞으면서도 내가 아니라고 잡아뗐다. 매일 학교 갔다 오면 안방에서 종아리 맞는 일이 반복됐다. 결국 삼 일 만에 이실직고하고, 훔친 돈으로 샀던 장난감은 모두가 압수되어 부엌 아궁이로 들어가버렸다. 이 일은 거짓말하거나 훔치면 절대로 안 된다는 확실한 메시지를 나에게 전해주는 계기가 됐다.

어린 시절 집착이 강했던 나는 아궁이에 들어가버린 뿔피리에 대한 미련을 버리지 않았다. 해가 바뀌고 초여름에 들어설 즈음 마당 구석에 자라는 자두나무에 눈길이 갔다. 신맛이 강한 자두를 우리 집 어른들은 크게 좋아하지 않아 자두는 항상 아이들 차지였다. 초여름, 과일 가게에서 만나는 진한 보랏빛 자두는 우리 미각을 돋우는 과일이다.

자두는 《삼국사기》에 복숭아와 함께 백제 온조왕 3년(기원전 15)에 처음 등장한다. 이를 미루어 보아 우리나라에 시집온 것은 삼한 시대이며 적어도 이천 년 전부터 우리 곁에 있었던 과일나무로 추정된다. 자두는 우리말로 '오얏'이다. 오얏의 한자말은 '이(李)'로 우리나라 성씨로는 두 번째 많은 이씨를 대표한다. 세월이 흐르면서 《도문대작》에서 볼 수 있는 것처럼 '자도(紫桃)'라고도 하였다.

보랏빛이 강하고 복숭아를 닮았다는 뜻이다. 이후 자도는 다시 자두로 변하여 오늘에 이른다.

'이걸 따다 팔아보자!'

어른들의 승인을 꼭 받지 않아도 될 것 같았다. 다행히 그해는 유난히 자두가 많이 달렸다. 잘 익은 자두를 골라 따 모으기 시작했다. 장날 시장에 가서 팔아볼 요량이었다. 마차를 끄는 이웃 친구 아버지가 장에 갈 때 나의 자두 한 자루도 실어다 주기로 교섭까지 해두었다.

드디어 장날이다. 시장으로 간 나는 좌판을 펴고 '왜추 사이소!'를 목 터져라 외쳤다. '왜추'는 자두의 경상도 사투리다. 내 자두의 품질이 좋았는지 아니면 어린아이의 외침이 너무 절실하게 들렸는지 자두 한 자루는 금방 팔려나갔다. 뿔피리를 사기에는 충분한 돈이 주머니에 들어왔다. 나의 좌판 장사 소문은 금방 우리 집까지 알려졌다. 대단한 양반은 아니지만 그래도 행세나 한다는 집의 종손인 내가 시장에서 좌판 장사를 했다는 것은 영광스런 일은 아니었다. 저녁에 할아버지 앞에 꿇어앉았다. 장사꾼을 해서는 안 된다는 호된 꾸지람을 들어야 했다. 좌판을 벌인 이유를 들은 할아

자두나무 열매와 꽃

버지는 수익금을 압수하지는 않았다. 다음 날 나는 그렇게 원했던 뿔피리와 탐나던 장난감을 샀다. 하지만 어쩐지 집 안으로 가지고 들어와 어른들 앞에 장난감을 당당히 내놓을 수는 없었다. 사과 창고 뒤 처마 밑에 숨겨두었다가 친구들과 가지고 노는 것으로 만족했다. 얼마 지나지 않아 그나마도 시들해져 결국 친구들에게 뿔피리를 모두 갈라 줘 버렸다.

그때 만약 나의 좌판 장사를 기특하다고 칭찬해주셨다면 나의 인생길은 달라졌을지도 모른다는 생각을 해본다.

참나무
느릅나무
소나무

배고픔을
달래주던 나무

가을 들녘의 황금물결이 일렁일 때는 바라보는 것만으로도 마음이 뿌듯해진다. 반복되는 가뭄과 홍수와 병충해라는 자연의 시련을 한 해 내내 이겨왔다는 기쁨이 사람마다 가슴 깊숙이 그대로 녹아 있어서다. 그러나 우리 선조들의 일상으로 잠시 되돌아가보면 가을의 수확은 또 다른 시련의 시작이었음을 알 수 있다. 한 해의 농사로는 다음 해 가을까지 온 가족이 일 년을 버틸 수 있는 양식이 나오지 않았기 때문이다. 알곡을 보충할 또 다른 먹을거리를 찾아내야 했다. 그 대표 자리는 도토리, 칡뿌리, 느릅나무와 소나무 껍질이 차지했다.

도토리는 상수리나무와 떡갈나무를 비롯해 참나무 종류의 열매를 함께 일컫는다. 이들은 우리 산의 어디에서나 흔히 손쉽게 주울 수 있고, 모자라는 양식을 채워줄 수 있는 꿈의 양식이며 희망이었다. 도토리는 떫은 타닌 성분이 많아 사람이 그대로 먹기는 어렵다. 빻아서 물에 우려내는 과정을 여러 번 반복해야 하는 수고로움이 있다. 또 높은 나무에 매달리고 양도 꼭 많다고만 할 수도 없다.

그럼에도 불구하고 꿈의 양식이 된 데는 이유가 있다. 참나무 종류는 봄 가뭄이 들기 쉬운 5월 무렵에 꽃이 피어 수정이 이루어진다. 따라서 햇빛이 쨍쨍한 맑은 날이 계속되면 농사는 물 부족으로 흉년이 되지만 참나무는 수정이 잘되어 도토리가 많이 달린다. 반대로 이 시기에 비가 자주 오면 물이 많아 벼농사는 풍년이 들어도 도토리는 수정이 잘되지 않아 흉작이기 일쑤다. 먹을거리가 모자랄 때 사람이 굶어 죽지 말도록 하느님의 특별한 배려가 깃들어 있는 자연의 섭리는 우리를 감탄케 한다. 그래서 도토리는 멀리 삼국 시대부터 우리의 곁에 있었다고 여러 옛 기록에 나온다. 때로는 임금이 직접 시식하며 백성들과 배고픔을 나누어보기도 하였으며, 나라에서 앞장서서 도토리 모으기를 장려하기도 했다.

고려 후기 윤여형의 한시 〈상률가〉에는 배고픈 백성들의 마음이 잘 담겨 있다.

'새벽 닭 울 때면 벌써 도토리 주우러 가네/ 아스라이 높디높은 저 산에 올라가/ 나무덩굴 붙잡고 날마다 원숭이처럼 재주 부리네/ 뙤약볕 한나절 내내 주워도 광주리에도 차지 않아/ 쪼그려 앉으니 주린 창자가 꼬르륵 꼬르륵하네'

잠깐 눈을 감고 당시의 정황을 상상해보면 사람들이 너무 가엽다. 가을걷이의 기쁨과 여유를 만끽할 틈도 없이 곧바로 도토리 줍기에 들어갔음을 알 수 있어서다. 도토리를 필요로 하는 것은 사람만이 아니다. 다람쥐에서부터 반달곰까지 겨울 양식으로 도토리를 확보하려는 경쟁이 치열하다. 그대로 놔두었다가는 일찌감치 이들의 차지가 되어버리니 서두르지 않을 수 없었다. 도토리 줍기만으로 굶주림을 달래고 다음 해 가을까지 버틸 수 있다면 그래도 행복하다.

대부분의 일반 백성들은 겨울을 지나 땅이 풀리기가 무섭게 또다시 다른 먹을거리를 찾아내야 하는 절박함에 직면한다. 말 그대로 초근목피(草根木皮)에 목숨을 건다. 이때의 풀뿌리는 단연 칡뿌리가 최고 식품이다. 10퍼센트가 넘는 전분과 먹기 좋은 당분에 비타민까지 고루고루 들어 있으니 영양가 만점이다. 나무껍질은 느릅나무와 소나무 껍질을 말한다. 온달 장군 이야기에 보면 평강공주가 온달의 초가삼간으로 처음 찾아갔을 때, 그의 눈먼 노모는 '내 아들은 굶주림을 참다못해 느릅나무 껍질을 벗기려고 산속으로 간 지 오래입니다'라고 했다. 느릅나무 껍질을 절구로 찧으면 젤리처럼 부드럽고 '느른하게' 된다. 약간 끈적끈적함이 있어서 배를 채우기에도 적당하다. 그래서 나무 이름도 껍질이 느른한 나무가 느릅나무가 된 것이다.

조선왕조에 들어와 인구도 많아지고 곁들여 산에 나무가 줄어들면서 소나무가 차츰 세력을 확장했다. 자연스레 사람들은 주변에 흔한 소나무에서 먹을거리를 찾으려 하였으며, 말랑말랑한 안껍질이 특히 눈길을 끌었다. 소나무의 속살이란 뜻으로 송기(松肌)라 부르는 이 부분을 벗겨내어 떡을 만들어 먹었다. 섬유질이 많

강원 영월 공기리의 우리나라에서 가장 큰 느릅나무 고목

아 씹히는 맛이 적당하며 금세 소화되지 않아 배부름을 한참 동안 간직할 수 있어서다. 거기다 송기는 늦봄 보리가 익기 직전 배고픔이 절정에 이를 때 물이 올라 벗기기 알맞고 많은 양을 얻을 수 있으니 더욱 안성맞춤이었다.

오직 굶어 죽지 않기 위하여 수확의 기쁨도 접어둔 채 가을부터 산과 들을 헤매던 선조들의 이런 아픔을 오늘을 살아가는 우리들은 너무 쉽게 잊어버렸다. 오천 년 역사에 먹을거리 걱정으로부터 헤어난 지는 불과 삼십 년 남짓할 뿐이다. 그럼에도 매년 어마어마한 음식이 그대로 내버려지는 현실을 풍요로움의 상징으로 모두가 착각하고 있는지도 모르겠다. 이제는 먹고 남아야 흡족해하는 우리의 음식 문화를 되돌아보아야 할 시점에 와 있는 것 같다.

이제는 사라진
누에치기 흔적을 찾아서

  서울 성북초등학교 옆에는 자그마한 돌비석 하나가 '선잠단지
(先蠶壇址)'라는 이름을 달고 주택가 한구석에 무심히 세워져 있다.
이제는 사람의 관심에서 비켜난 곳, 한때는 임금님도 맞이했던 광
영의 터다. 조선 성종 2년(1471), 옛 중국 황제의 왕비로서 누에 치
고 비단 짜는 신선이 된 서능(西陵) 씨에게 제사를 올리는 제단으
로 만든 곳이다. 뽕나무가 잘 크고 살찐 고치로 품질 좋은 실을 얻

게 해달라고 누에 신선에게 어려운 청을 넣기 위함이다.

농업을 주관하는 신은 동대문구 제기동의 선농단(先農壇)에, 잠업을 주관하는 신은 이곳 선잠단에 모시고 국가에서 매년 제사를 지냈다. 선잠단 앞에 심은 뽕나무 잎은 궁중 안 잠실(蠶室)에서 키우는 누에에게 먹였다. 이러한 의식은 매년 3월 첫 번째 뱀날(初巳日)에 엄숙하게 거행한다. 일제강점기인 1908년 7월, 선잠단은 제기동의 선농단 신위와 함께 사직단으로 옮겨버린다. 현재는 달랑 비석 하나로 선잠단 옛터임을 알리고 있을 뿐이다. 다행히 1993년부터 성북구청은 선잠단 문화 행사를 재현했다. 왕비 행차를 거행하고 선잠 제례를 올리고 있다.

이처럼 뽕나무를 키워 누에를 치고 비단을 짜는 일은 예부터 농업과 함께 농상(農桑)이라 하여 나라의 근본으로 삼았다. 우리나라에 양잠이 시작된 것은 중국의 《위서 동이전(東夷傳)》 마한 조(條)에 '누에를 치고 비단을 짜서 옷을 해 입었다' 하였으니 삼한 시대 이전으로 짐작된다. 우리의 기록에도 고구려 동명왕과 백제 온조왕 때 농사와 함께 누에치기의 귀중함을 강조한 대목이 있다. 신라 박혁거세 17년(기원전 40)에는 임금이 직접 6부의 마을을 돌면서 누에치기를 독려한 《삼국사기》 내용이 있다. 이후 통일신라를 거쳐 고려에 이르기까지 누에치기의 중요성은 누누이 강조된다. 뽕나무와 누에로 만들어지는 비단은 오늘날의 반도체나 자동차만큼이나 당시 나라의 중요한 기간산업이었다.

조선왕조에 들어오면서는 비단 생산을 더욱 늘려야 할 필요성이 생겼다. 처음 나라를 열어 불안정한 민심을 수습하고 백성의 삶을 안정시키기 위해서는 산업 생산을 통한 수입 증대가 필요했다. '비단입국'의 기치를 높이 들 수 있었던 이유는 명나라에 보내는 조공과 신흥 귀족들의 품위를 높이기 위한 비단의 수요도 만만치 않아서다.

태종 때는 집집마다 뽕나무를 몇 그루씩 나누어주고 심기를 거의 강제하다시피 했다. 예나 지금이나 권력자의 집안 단속은 쉽지 않았을 터, 태종 11년(1411) 임금은 이렇게 역정을 낸다.

"옛날에는 후궁들이 부지런하고 알뜰하여 친히 누에를 쳤는데, 지금은 아래로 궁중 시녀까지 모두 배불리 먹고 할 일 없이 내 옷까지도 모두 사서 바친다. 앞으로는 시녀들로 하여금 길쌈을 맡아서 내용(內用)에 대비하게 하라"고 한다. 이에 대한 신하들의 대답은 '주상의 말씀이 지당하십니다'이다. 아마 궁녀들의 빈둥거리는 꼴이 영 마음에 들지 않았던 모양이다.

이후 세종으로 내려오면서 더욱 누에치기를 독려한다. 예부터 내려오던 친잠례(親蠶禮)를 강화하여 왕비가 직접 비단 짜는 시범을 보이기도 한다. 각 도마다 좋은 장소에 뽕나무를 널리 심도록 하였고 누에치기 전문 기관인 '잠실'을 설치했다. 그러다가 중종 원년(1506)에는 보다 효율적 관리를 위하여 각 도에 있는 잠실을 서울 근처로 모이도록 구조조정을 한다. 바로 그때 그 장소가 오늘날의 서초구 잠원동 일대다. 세종은 이렇게 궁궐 밖에다 뽕나무 심고 누에치는 것으로 만족하지 않았다. 세종 5년(1423) 잠실을 담당하는 관리가 임금께 올린 공문에는 '뽕나무는 경복궁에 3590그루, 창덕궁에 천여 그루, 밤섬에 8280그루가 있으니 누에 종자 2근 10냥을 먹일 수 있습니다'라는 내용이 있다. 그렇게 넓지도 않은 경복궁에 이만큼 뽕나무가 자랐다면 그야말로 '뽕나무 대궐'이 되었음 직하다. 한강의 밤섬에는 우리가 알고 있듯이 밤나무만 있었던 것이 아니라 정부에서 직접 관리하는 뽕나무밭이 더 많았다고 한다.

뽕나무 잎과 열매

흔히 우리는 세상이 너무 변하여 옛 정취를 찾을 수도 없게 된 것을 비유하여 '상전벽해(桑田碧海)'라는 말을 쓴다. 잠실은 뽕나무 밭, 누에들의 터전이 아니라 대한민국 최고의 아파트촌이 되어 있다. 구한말에도 삼사백 살이나 된 뽕나무가 여럿 있었다 하나 이제는 모두 죽어버렸다. 얼마 전까지 살아 있던 단 한 그루도, 생명이 끝나버린 그의 시신을 없애지 않고 서울시 기념물 1호란 이름을 붙여 옛터를 지키게 하고 있을 따름이다. '임도 보고 뽕도 따던'

그 옛날의 청춘남녀들은, 무성한 잎으로 은밀한 사랑을 가려줄 뽕밭이 없어졌으니 갈 곳이 마땅치 않다. 세상이 너무 빨리 변해 아련히 간직해야 할 낭만이 모두 사라져버린 현실이 안타깝다.

아이의 영혼을 배부르게 해준
'아기사리' 나무

우리나라는 계절마다 매력이 다르지만 자연이 가장 아름답고 싱그러운 달이 5월이다. 어린이날, 어버이날, 스승의 날 등 그냥 넘기기에는 무언가 찜찜한 '날'이 유독 많은 것이 흠이라면 흠이다. 계절에 따른 나무의 변화를 눈여겨보면서 한 해 한 해를 보내는 나에게도 특별히 5월을 떠올리게 하는 나무가 있다. 바로 이팝나무다. 키가 20~30미터까지 자라고 지름도 몇 아름이나 되는 큰 나무이면서, 파란 잎이 보이지 않을 정도로 새하얀 꽃을 가지마다 소복소복 꽃을 피우는 것이 매력이다. 꽃마다 가느다랗게 넷으로 갈라지는 꽃잎 하나하나는 마치 뜸이 잘든 밥알같이 생겼다. 이들이 모여서 이루는 꽃 모양은 멀리서 보면 쌀밥을 수북이 담아놓은 흰 사기 밥그릇을 연상케 한다.

꽃이 필 무렵은 아직 보리는 피지 않고 지난해의 양식은 거의 떨어져버린 '보릿고개'이다. 옛사람들이 주린 배를 잡고 농사일을 하면서도 풍요로운 가을을 손꼽아 기다릴 때다. 이팝나무 꽃은 배고픈 이는 헛것으로라도 쌀밥으로 보일 정도로 너무 닮아 있다. 이밥에 고깃국을 먹고 비단옷을 입으며 고래 등 같은 기와집에 사는 것이 소원이던 시절이 그리 오래지 않았다. 이밥은 '이(李)씨의 밥'이란 의미로 조선왕조 시대에는 벼슬을 해야 비로소 이씨인 임금이 내리는 흰 쌀밥을 먹을 수 있다 하여 쌀밥을 '이밥'이라 했다. 이팝나무는 '이밥나무'에서 유래된 이름이다. 꽃피는 대부분의 나무가 크기가 작은 것과는 달리, 아름드리로 자랄 수 있는 이 나무에 피는 하얀 꽃은 사람들에게 경외심을 불러일으켰고, 꽃피는 상태로 보아 그해 벼농사의 풍흉을 점치기도 했다. 이래저래 쌀밥과 관련이 깊다.

전북 진안 마령초등학교의 아기사리 이팝나무

화창한 5월의 봄날이면 나는 전국의 이팝나무 고목을 쫓아다니기에 열을 올린다. 일주일 남짓 꽃피는 시기에 맞춰 주로 영호남 지방에 남아 있는 이팝나무 고목을 찾아가 사진에 담고 나무에 얽힌 여러 이야기를 들어보기 위함이다.

나에게 가장 깊은 인상을 남긴 가슴 아픈 사연을 가진 이팝나무는 전북 진안 평지리 마령초등학교 교정의 천연기념물 214호 이팝나무다. 여기는 예부터 '아기사리'라고 불렀는데, 옛 아이들의 무덤 터로 굶주림의 한 자락이 묻혀 있는 곳이다. 말의 귀를 닮았다는 특별한 모양새의 마이산 봉우리를 뒤로 돌아 들어가다 만나는 아담한 초등학교다. 정문 안쪽 좌우에 아름드리 이팝나무들이 모여 있는 곳이 바로 '아기사리'의 옛터이다. 옛날 마령 사람들은 어린아이가 죽으면 원래 야트막한 동구 밖 야산이었던 이 자리에 묻었다고 한다. 배불리 먹이지 못한 탓에 영양실조로 시달리다가 무슨 병인지도 모르고 아이를 잃어버린 부모의 가슴앓이는 쉽게 가라앉지 않았다. 그 작은 입에 흰 쌀밥 한술 마음껏 넣어준 적이 없는 무능함이 통곡으로 이어졌다. 일상으로 돌아온 부모는 죽은 아이의 영혼이나마 흰 쌀밥을 마음껏 먹게 할 수 있는 방법을 생각했다. 꽃피는 모습을 상상해보고 이팝나무를 심어두면 두고

이팝나무 꽃

두고 아이의 영혼이 배불리 먹을 수 있다고 믿었다.

　그래서 아이를 묻고 돌아서는 부모들은 한 그루 두 그루씩 이
팝나무를 갖다 심기 시작했다. 원래 자라던 소나무와 참나무를 밀
어내고 작은 영혼들이 마음껏 먹을 수 있는 '이밥'이 달리는 이팝

나무 숲이 자연스레 만들어진 것이다. 개화의 바람을 타고 초등학교가 여기저기 설립될 즈음, 아무도 지켜주지 않은 아기사리는 학교 부지로 편입되어버린다. 슬픈 기억들을 몸속 깊숙이 간직한 이팝나무 들은 이때 대부분 사라지고 몇 그루만이 간신히 목숨을 부지하여 천연기념물이란 이름으로 보호를 받고 있다.

보릿고개란 말은 이제 죽은 말이 됐지만 가난이 일상일 때 우리는 배고픔을 항상 안고 살았다. 1960년대 이전의 5월은 굶주림으로 삼천리강토가 모두 지쳐 있을 시기다. 당시 사람들에게 이팝나무는 그래도 상상 속에서나마 먹을 수 있는 푸짐한 쌀밥 그릇이었다. 나무에 내 몸을 기대고 지금 운동장에서 한창 놀이에 빠져 있는 건강한 어린이들을 내려다본다. 역사의 뒤안길에 묻혀버린 이팝나무의 내력을 알 리도 없고, 설령 선생님의 설명을 들었더라도 배고픔의 서러움을 느낄 수 있는 아무런 아픔도 경험해보지 못했다. 불쌍한 옛 어린이들의 영혼이 이팝나무 가지에 걸터앉아 풍요로움 속에 살고 있는 오늘의 어린이들을 부러운 눈으로 내려다보고 있을 것만 같은 상상에서 쉽게 헤어날 수가 없다. 아기사리 이야기는 이제 잊어버리고 싶은 아픈 기억이지만, 우리의 반쪽은 아직도 기아가 진행되고 있다는 현실이 안타깝다. 우리 모두 온전한 하나가 되는 그 어느 날, 북한 땅으로 또 다른 아기사리를 만나러 가는 일이 없기를 기원해본다.

4부
나무, 역사와 함께하다

마을 앞 아름드리 고목나무는, 사람살이의 흔적도 고스란히 품고 있어서 우리의 가슴에 잔잔한 감동을 준다. 고목나무에 어김없이 서려 있는 전설은 사람들의 이야깃거리로 계속해서 회자된다.

전설이란 무엇인가? 국어사전에 '오래전부터 전하여 내려오는 이야기'라 했다. 그렇다. 고목나무에 얽힌 전설은 바로 그 나무의 살아온 역사 이야기다. 그 흔적을 쫓아가본다.

전설로 만나는
나무 이야기

마을 앞 아름드리 고목나무는, 사람살이의 흔적도 고스란히 품고 있어서 우리의 가슴에 잔잔한 감동을 준다. 고목나무에 어김없이 서려 있는 전설은 사람들의 이야깃거리로 계속해서 회자된다.

전설이란 무엇인가? 국어사전에 '오래전부터 전하여 내려오는 이야기'라 했다. 그렇다. 고목나무에 얽힌 전설은 바로 그 나무의 살아온 역사 이야기다. 그 흔적을 쫓아가본다.

나무의 무성 번식의 한 방법에 꺾꽂이가 있다.

삽목전설(挿木傳說)의 대부분은 지팡이를 땅에 꽂아두어 자랐다는 꺾꽂이 이야기다. 송광사 천자암 쌍향수는 백두산 근처에 주로 자라는 곱향나무인데, 이곳에 오게 된 사연이 있다. 고려 중기의 고승 지눌 스님은 중국 금나라에 갔다가, 왕비의 불치병을 고쳐준 인연으로 왕자 담당 스님을 제자로 삼아 함께 귀국하게 된다. 천자암에 오르면서 두 사람이 짚고 다니던 지팡이를 나란히 꽂아놓은 것이 뿌리가 내려 쌍향수로 자랐다고 한다.

이외에도 마의태자의 지팡이가 자랐다는 양평 용문사 은행나무, 어느 스님이 지팡이를 땅에 꽂아두고 생명을 불어넣는 주문을 외워 살려냈다는 청도 운문사 처진소나무 등이 있다.

과연 그랬을까? 소나무는 꺾꽂이가 불가능한 나무이며, 은행나무도 지팡이가 싹이 틀 확률은 거의 없다. 이렇게 나무 생리학이란 학문의 잣대를 들이대면, 전설의 참 의미를 되새길 수가 없다. 전설이 나온 배경을 음미해보는 것이 더 보람된 일이다.

기나긴 세월 동안 질곡의 우리 역사를 묵묵히 지켜온 고목나무들은 태풍을 비롯한 자연의 심술을 이겨왔기에 우리 앞에 함께한다. 아울러 베어서 쓰겠다는 사람들의 욕심을 넘어서는 것이 살아남는 데 가장 중요한 요건이다.

당산나무는 마을 사람들 공동의 신앙 대상이 되어 대부분 살아남았지만 이것만으로는 부족했다. 마을의 수장들은 또 다른 예방약을 썼다. '동티 난다', '베다 죽었다', '이무기가 산다'는 등의 이야기를 의도적으로 퍼트린 것이다. 간단히 말하여 공갈 요법이다. 건드려서는 안 될 것을 공연히 건드려서 스스로 걱정이나 해를 입는 것을 '동티'라고 한다. 동티의 대표로는 전남 무안 석용리 곰솔을 들 수 있다. 직설적으로 동티가 어떻게 나는지는 이렇게 소개되어 있다.

'마을 주민 한 사람이 쟁기용으로 쓰기 위해 나뭇가지를 베었다가 국부에 종기가 나서 삼 년간 고생하다 죽었다'는 것이다.

경북 상주 상현리 반송은 승천하지 못한 용으로 알려진 '이무기'가 살고 있었다고 한다. 겁먹은 사람들은 감히 가까이 갈 엄두도 못 냈다. 안개 낀 날에는 보일 듯 말 듯한 나무의 자태가 더욱 신비로웠으며, 벼락이라도 치는 날이면 이무기의 우렁찬 소리가 나무 속에서 들려오는 듯하여 사람들이 더욱 두려워했다. 나무의 훼손은 꿈에도 감히 생각할 수 없었다. 심지어 농사일을 나갈 때

이무기가 살았다는 경북 상주 상현리 반송

는 나무를 피하여 멀리 둘러 다녔다고 한다. 이렇게 나무 속에 영물이 산다고 전해지는 고목은 이 밖에도 영월 하송리 은행나무, 괴산 읍내리 은행나무, 원주 반계리 은행나무 등이 있다.

예나 지금이나 사랑은 비련으로 끝나야 이야깃거리로 남는다. 슬픈 사랑의 대표 나무는 경주 오류리 등나무다. 신라 때 이 마을에는 곱고 마음씨 착한 자매와 이웃에는 늠름한 한 청년이 살고 있었다. 자매는 같이 청년을 짝사랑했으나 둘은 서로 이 사실을 몰랐다. 어느 날 옆집 총각이 갑자기 나라의 부름을 받아 싸움터로 떠나버리자 한 남자를 같이 사모하고 있었음을 비로소 알게 된다. 애절한 사랑에는 자칫 마(魔)가 끼는 법, 뜻하지 않게 청년이 전사했다는 소식이 들려온다. 자매는 그대로 연못에 몸을 던져버렸다. 그 후 연못가에 두 그루의 등나무가 자라기 시작했다고 한다. 그러나 죽었다던 총각은 살아 있었고, 훌륭한 화랑이 되어 돌아온다. 자매의 애달픈 사연을 전해 들은 청년 화랑도 결국 연못에 몸을 던져버린다. 잘못 전달된 전사 통지서는 결국 세 사람의 목숨을 앗아갔다.

강화 볼음도 은행나무는 북한 천연기념물 164호 암나무와는 부부 사이라고 알려져 있다. 고려 중엽 무렵, 황해남도 연안군 호남리에는 암수 은행나무 두 그루가 정답게 자라고 있었다. 그러나 수나무는 어느 날 연안 평야를 휩쓴 홍수를 만나 뿌리까지 뽑혀 순식간에 이곳 볼음도로 떠내려와 버린다. 운 좋게 사람들의 눈에 띄어 살아남았다는 것이다. 지금도 볼음도 은행나무는 북한의 암나무를 그리워하여 '우~웅, 우~웅' 하는 울음을 내기도 한단다. 물론 바람 소리겠지만 울음은 사람들의 안타까움을 자아냈다.

경남 거제 윤돌섬 상록수림 효자들의 사연은 가슴 찡하다. 옛날 윤돌섬에는 한 과부가 윤씨 성을 가진 삼 형제를 데리고 살고 있었다. 건너편 양지마을에는 아내를 잃고 날마다 허공에 뜬 달만 쳐다본다고 하여 주위 사람들이 망월(望月)이라고 부르는 홀아비가 살고 있었다. 물이 많이 빠지는 밤이 되면 윤돌섬 과부는 버선을 벗고 홀아비를 만나러 갔다. 이를 몰래 바라보고만 있던 아들 삼 형제는 어머니를 위하여 큰 돌을 날라 징검다리를 놓아주니, 그 후로는 어머니가 버선을 벗지 아니하고도 홀아비 망월을 수시로 찾아갈 수 있게 됐다 한다. 윤씨 삼 형제가 어머니를 위하여 돌다리를 놓았다 해서 '윤돌섬' 또는 '효자섬'이라고 부른다.

절대 권력자인 임금님과 나무의 인연도 남다르다. 우리에게 널리 알려진 정이품송을 비롯하여 임금님과 인연을 맺은 고목나무는 여러 그루가 있다. 대체로 좋은 인연이지만 강원 삼척 궁촌리음나무는 고려의 마지막 임금 공양왕의 사형 집행목이었다. 그는 1392년 왕위에 오른 지 불과 이 년 팔 개월 만에 이성계 일파에 의해 밀려난다. 추방된 지 두 해가 채 안 되어 왕비와 두 아들과 함께 목 졸려 죽었다. 그를 죽인 이성계의 변명은 《조선왕조실록》에 이렇게 실려 있다.

'여러 신하들이 당신을 죽이라고 청하길 열두 번이나 하였으나 내가 여러 날 동안 버티었소. 이제는 마지못하여 억지로 따르게 되었으니 이 사실을 잘 알아주시오.'

이외에도 이성계가 심었다는 담양 대치리 느티나무, 진안 은수사 청실배나무와 조선 인조가 대군 시절 호남을 방문하였을 때 말을 매었다는 담양 후산리 은행나무 등이 있다.

도선국사 이후 명당 사상은 우리 삶 깊숙이 들어와 있다. 지금도 조상의 산소는 물론 주거지까지 명당을 찾는다. 그러나 흔히 말하는 좌청룡 우백호의 완벽한 지형을 가진 곳을 찾아내는 일은 쉽지 않았다. 한 가시 정도의 흠결(欠缺)을 가진 곳은 '비보(裨補)'라는 이름으로 보완하여 아쉬운 대로 명당 대열에 넣었다.

함양 운곡리 은행나무는 돛대나무로 심은 것이다. 이 일대는 마을 전체가 배[舟] 모양이라 물난리를 자주 겪었다. 사람들은 이유를 찾아냈다. 배라면 꼭 있어야 할 돛대가 보이지 않았던 것이다. 그래서 돛대 자리에다 은행나무를 심어 완전한 배의 형상을 만들고 마을 이름도 '은행정'으로 바꾸어 불렀다고 한다.

비보는 고목나무보다 숲이 훨씬 많다. 함평 향교리 숲, 성주 경산리 성밖숲, 의성 사촌리 가로숲, 예천 금당실 송림 등은 모두 비보의 개념으로 만들어진 숲이다.

전설은 황당한 이야기만이 아니라 옛사람들이 전해주는 메시지가 있고 오늘을 살아가는 우리들에게는 꿈과 낭만을 키워준다. 나무에 얽힌 전설도 마찬가지다. 다만 이농 현상과 급속한 노령화로 나무에 얽힌 이야기를 전해줄 화자(話者)가 하루가 다르게 사라져가는 것이 안타까울 뿐이다.

회화나무

사도세자의 비극을
지켜본 나무

후덥지근한 초여름 날씨가 계속되었던 조선 영조 38년(1762)
윤 5월 13일, 임금은 왕비들의 혼전(魂殿)으로 사용한 문정전 앞
뜰에다 뒤주를 가져다놓으라고 한다. 세자를 국문(鞫問)하기 위함
이다. 그는 자신의 손으로 세운 스물일곱의 청년 사도세자를 뒤주
속에 가두고 8일 동안이나 물 한 방울 주지 않고 죽여버린다. 고통
의 비명이 온 궁궐에 울려 퍼져 사람들은 물론 산천초목까지 소름

끼치게 했다. 참혹한 당시의 현장을 목격한 사람들은 모두 한 줌의 흙이 되었지만 묵묵히 아직도 자리를 지키고 있는 생명체가 있다. 당시 창경궁에 자라고 있던 고목나무들이다. 특히 선인문 앞의 회화나무는 비극의 처음과 마지막을 모두 지켜봤다. 정문인 홍화문에서 궁궐 담장을 따라 10미터쯤 남쪽으로 내려오면 규모가 훨씬 작은 또 다른 출입문이 하나 있다. 지체가 낮고 궁궐의 여러 가지 잡일을 담당하던 하급 관리들이 주로 이용하였던 문이다. 아울러 임금의 미움을 받아 궁궐에서 죽음을 당했을 때 시신이 나가는 비극의 문으로 사도세자의 주검도 마찬가지였다. 문의 안쪽 금천에 걸친 작은 돌다리의 늙은 회화나무가 바로 그 나무다. 당시 쉰살 남짓했던 이 나무는 1830년경에 궁궐의 전각과 나무를 상세히 그린 동궐도(東闕圖)에서도 만날 수 있으며 나이는 삼백 살쯤 됐다. 원래 20미터를 넘겨 자랄 수 있는 나무이나 현재 4미터 남짓이다. 나무줄기 속은 완전히 썩어버려 세워둔 받침대 지팡이에 의지하여 구부정한 허리를 겨우 버티고 있다. 우리는 흔히 안타깝고 괴로운 일이 연속되면 속이 새까맣게 탄다고 말한다. 이 회화나무도 사도세자의 비극을 보고 가슴속에 피멍이 들어 속살이 모두 썩어 없어져버렸다고 사람들은 말한다.

회화나무와의 인연은 또 있다. 사도세자는 죽기 두 해 전 피부병 치료를 위하여 지금의 온양관광호텔 자리인 온양행궁에 잠시 머문다. 활을 쏘는 사대(射臺)에 그늘이 없음을 보고 온양군수를 시켜 품(品)자 모양으로 회화나무 세 그루를 심게 했다고 한다. 사람은 비명에 갔지만 나무는 무성하게 자라 1795년 아들 정조가 손수 '영괴대(靈槐臺)'라는 비석을 세운다. 사도세자 회화나무를 추적하다 이 유적이 아직 남아 있음을 알고 한달음에 찾아갔더니 호텔 뒤 구석에 초라한 비석과 함께 당시의 나무로 짐작되는 느티나무 고목 두 그루가 쓸쓸히 서 있다.

'아니! 회화나무는 어디가고 느티나무가 서 있는 것인가?'

두 나무는 한자로 쓸 때 똑같이 '괴목(槐木)'이라 한다. 바깥 모양은 다르지만 나무속을 현미경으로 들여다보면 세포 모양이나 배열이 비슷하다. 따라서 재질이나 쓰임이 거의 같아서 같은 한자를 쓴 것으로 보인다. 그러나 중국 사람들은 '괴목'이라면 회화나무를 말하고 느티나무는 '거수(欅树)'라 하여 따로 구분한다. 우리가 흔히 말하는 중국 고전 《남가일몽》에 나오는 괴안국(槐安國)도 회화나무 아래에 있던 개미나라 이야기다.

회화나무는 사도세자의 비극과 함께했지만 원래는 궁궐의 권위를 상징하는 나무다. 그 기원은 주나라 때 조정의 외조(外朝, 여러 관료와 귀족들을 만나는 장소)에 세 그루의 회화나무를 심고 우리나라의 삼정승(영의정·좌의정·우의정)에 해당되는 삼공(三公)이 이에 마주보고 앉았다고 한다. 우리의 궁궐에도 중국의 예에 따라 심은 회화나무를 만날 수 있다.

창덕궁 정문인 돈화문을 들어서면 회화나무 고목들이 먼저 반겨준다. 왼편 금호문으로 이어진 행각 건물을 따라 일렬로 이어 심은 네 그루가 먼저 눈에 띈다. 다시 금천교 다리 남쪽으로 금천의 오른편에 자라는 여러 그루의 아름드리 회화나무가 있다. 회화나무는 수백 년에서 천년을 넘겨 살 수 있고 다 자라면 두세 아름에 이르기도 한다. 키만 껑충한 것이 아니라 나뭇가지가 사방으로 고루고루 뻗어 모양이 단아하고 정제되어 있다. 그래서 궁궐뿐만 아니라 서원, 문묘, 양반집 앞에 흔히 심는다. 잡귀가 붙지 않는 나무라고 믿어 회화나무 세 그루를 집 안에 심어두면 그 집에 복이 찾아온다고도 한다.

그러나 우리 역사 속에서는 회화나무가 행운을 가져다주는 나무만은 아니었다. 경주 안강읍 육통리에는 육백 년이 넘는 회화나

사도세자 전설을 간직한 창경궁 선인문 회화나무

무(천연기념물 318호) 한 그루가 있다. 고려 공민왕 시절, 중국 대륙에서는 홍건적이 쳐내려오고 남서 해안에는 왜구가 극성을 부렸다. 이럴 때 죽어나는 것은 백성들이었고, 학살과 노략질로 온 나라가 들끓었다. 풍문으로 전해지는 소문을 조용히 듣고만 있던 '김영동'이란 청년은 전쟁터에 나가기로 결심한다. 그는 마을을 떠나면서 자신을 지켜줄 징표를 남기고 싶어서 회화나무 묘목 한 그루를 심고, 살아서 돌아오겠다는 실낱같은 희망을 걸었다. 하지만 그의 희망은 영원히 깨어나지 못할 꿈이 되었고, 회화나무만이 그 자리를 현재까지 지키고 있을 뿐이다.

충남 서산의 해미읍성 안에는 '호야나무' 혹은 '교수목(絞首木)'이라 부르는 회화나무 한 그루가 있다. 이 고목은 1866년 천주교를 탄압하던 병인박해(丙寅迫害)와 관련이 있다. 신도들을 밤낮으로 이 나무에 매달아 고문을 하면서 신앙을 버릴 것을 강요하다가 목 졸라 죽여서 '교수목'으로 부르게 됐다고 한다. 지금도 나무에는 고문 기구로 사용하던 철사가 남아 있다.

나무는 움직이지 않고 한자리를 오랫동안 지키다 보니 창경궁의 회화나무처럼 수많은 아픔을 알고 있다. 그러나 사연들을 전달해줄 아무런 수단이 나무에게는 없다.

나는 대학에서 퇴직하면서 아끼던 실험 기구도 사랑하는 제자도 그 자리에 두고 손때 묻은 책 몇 권만 들고 달랑 몸만 빠져나왔다. 이런 상태에서 나 혼자서도 잘할 수 있는 일은 나무살이의 사연을 들어 정리해나가는 것이라고 생각했다. 내가 감히 나무가 되어 그들의 입이 되고 손이 되고 싶었다. 언제 달려가도 넉넉한 품으로 나를 안아주면서 유년 시절의 할머니 품속처럼 소곤소곤 이야기를 풀어내는 나무들이 있어서 나는 행복하다.

넓은잎삼나무

목재 재질 연구를
주목받게 한
'신안해저유물선'

1975년 8월 20일 전남 신안 앞바다에서 한 어민의 그물에 중
국 송(宋)·원(元) 시대의 귀중한 도자기 여섯 점이 걸려 올라왔다.
침몰한 선박이 있음을 암시하는 증거였다. 1984년까지 9년간 11
차례에 걸쳐 수중 발굴 결과 도자기 2만 661점, 동전 28톤, 인도
원산의 자단(紫檀) 천 17본, 선체 조각 445편(片) 등 수많은 유물
이 인양됐다. 이 배는 고려 말기 중국과 일본을 왕래하던 중국 무

역선으로 밝혀졌다. 1323년 중국 취안저우(泉州)항을 떠나 일본 하카다항으로 가던 중 이유는 알 수 없지만 항로를 이탈하여 전남 신안 지도읍 서남쪽 증도와 도덕도 사이에서 침몰한 것으로 밝혀졌다. 650년 넘게 잠들어 있던 이 무역선은 통칭 '신안해저유물선'이라고 부르며 올해로 발굴 40주년이 된다.

인양이 한참 진행되던 1980년경 나는 관련 기관으로부터 선체의 나무를 알아봐달라는 비공식 의뢰를 받았다. 분석해보니 배를 만든 나무의 대부분은 소나무 종류이며 외판에 덧댄 판자 등 일부는 삼나무 종류임을 알 수 있었다. 당시 좋은 말로 다른 분들이 나를 소장학자라고 불러줬지만 실은 아직 연구가 충분히 영글지 못한 새내기였다. 요즈음과는 달리 중국 자료를 구하기 어려워 나무 종류 확정을 하지 못하고 망설이고 있었다. 이런 경우에는 지금까지의 연구 결과를 학회에 가서 발표하고 같은 전공자들로부터 조언을 듣는다. 마침 한국임학회가 예정되어 있어서 내용을 공개 발표하기로 했다. 발표장을 막 빠져나오는데 《경향신문》 기자가 붙잡았다.

"삼나무가 있다면 일본 배이겠군요."

그는 삼나무가 들어 있다는 것에 주목한 것 같다.

당황한 나는 "아직 연구단계입니다. 일본 배는 아닌 것 같습니다"라고 짧게 대답했다.

그러나 다음 날 기사 제목은 '신안 보물선은 일본 배'였다. 이 보도는 국내 신문은 물론 일본 《아사히신문》, 하와이 《교포신문》 등으로 재인용되면서 커다란 파장을 일으켰다. 매스컴에 일단 보도가 되면 다시 주워 담을 방법이 없다. 항의를 하더라도 주먹 크기 활자로 기사를 내놓고 정정 보도는 개미 크기다.

일주일 정도 지난 어느 날 안기부(지금의 국가정보원) 광주 분실에서 수사관이 학교로 찾아왔다. 신문기사 때문에 조사할 것이 있단다. 이때는 광주 민주화 운동 직후다. 무고한 시민을 학살한 공포가 광주를 짓누르고 있을 당시, 안기부의 위세는 하늘을 찔렀다. 나는 조사 받는 것 자체만으로 엄청난 두려움에 휩싸였다. 당시 전두환 정권은 취약한 정통성으로 인해 국제적 따돌림의 대상이었고 김대중 사형선고에 따라 일본과의 외교 관계도 최악이었다. 이런 와중에 신안 보물선이 일본 배라는 기사가 나갔다. 혹시 일본이 연고권이라도 주장할 수도 있으니 권력자의 심기를 불편하게 만든 것이다. 안기부 조사관은 표본 입수 과정에서 연구 동기

국립해양문화재연구소에 전시 중인 신안해저유물선

까지 꼬치꼬치 따진다. 우선 표본을 건네준 직원을 보호하는 일이 급선무였지만, 다행히 이 문제는 적당히 넘어갈 수 있었다. 그렇지만 연구용 표본은 모두 압수해 가버렸다. 별도의 지시가 있을 때까지 광주를 떠나면 안 된다는 명령도 곁들였다. 이후 나는 매일 불안에 떨었다. 권력자의 눈짓 하나로 천신만고 끝에 마흔이 되어서야 겨우 얻은 대학 전임강사 자리가 하루아침에 날아가버릴 수도 있어서다. 밤에는 제대로 잠을 잘 수가 없었고, 낮에는 학생들이 연구실 노크만 해도 소스라치게 놀라곤 했다. 이 주일쯤 지난 어느 날 감금 아닌 감금이 해제되어 겨우 한숨을 내쉬었다. 연구 재료를 돌려달라는 말은 감히 입에 올릴 수도 없었다. 대학에서 쫓겨나지 않고 잡혀가서 혼나지 않은 것만으로 감사했을 뿐이다.

그런데 이 사건은 예기치 않은 수확을 안겨주었다. 목질 문화재를 연구하는 분야가 있다는 것을 문화재 관련 학자들과 공무원들에게 일깨워준 셈이 됐다. 당장 '신안해저유물 발굴위원'이란 감투가 씌워졌다. 나를 제외하면 참여 위원들은 모두 유명 학자들이었다. 어쨌든 감투 덕에 약 4년에 걸쳐 보물선 발굴 현장에 직접 참가하여 표본도 수집하고 배의 재질도 분석하는 작업을 계속할 수 있었다.

액수는 작지만 그래도 용역비라는 명목으로 주는 연구비도 처음 받아보았다. 이를 바탕으로 중국 자료도 수집하고 더 깊이 있는 연구를 하여 소나무 종류는 중국 남부에 분포하는 마미송(馬尾松)이고 삼나무 종류는 넓은잎삼나무(廣葉杉)임을 밝힐 수 있었다. 넓은잎삼나무는 이름 그대로 잎이 약간 통통하고 뾰족한 삼나무보다 훨씬 넓고 얇다. 중국 양쯔강 남부에 널리 분포하며 높이 30미터, 지름 1미터 정도까지 자랄 수 있는 큰 나무다. 중국에서 삼목

중국 영은사의 넓은잎삼나무

(杉木)이라면 넓은잎삼나무를 말하며 낙랑고분에서도 출토될 만큼 예부터 널리 쓰이던 나무다. 넓은잎삼나무와 삼나무는 잎을 보면 쉽게 구별이 되지만 베어서 목재 상태가 되었을 때는 현미경으로만 구별해낼 수 있었다. 넓은잎삼나무의 세포벽에는 자기들끼리 양분을 주고받는 벽공(壁空)이란 통로가 두 줄인 반면, 삼나무는 한 줄인 것이 큰 차이점이다.

당시로서는 끔직한 악몽이었고 지금 와서 떠올리기도 싫지만, 어쨌든 이 사건은 '문화재 속의 나무' 관련 연구를 계속할 수 있는 계기가 됐다. 이후 공주 무령왕릉의 관재와 해인사 팔만대장경판을 비롯하여 수많은 문화재 발굴 현장에서 나오는 목재는 물론 천연기념물 고목나무와 궁궐에 자라는 나무까지 관여하게 됐다.

무덤에
도래솔을 심는 사연

비행기에서 내려다본 우리의 산은 올망졸망 가버린 사람들의
안식처로 덮여 있다. 무덤의 주위에는 숲과 경계를 지우기 위하여
둘레나무를 심는데, 이것을 순수 우리말로 도래솔이라 한다. 유교
의 경전인 《예기(禮記)》에 '군자가 비록 가난해도 도래솔을 베어서
집을 지을 수는 없다'는 말이 있으니 중국에서도 오래전부터 둘레
나무를 심었음을 알 수 있다.

대체로 무덤은 양지바른 야산에 만들어지기 때문에 좀 건조해도 별로 개의치 않고, 햇빛도 좋아하는 소나무가 제격이다. 그래서 우리의 도래솔은 이름 자체에서 알 수 있는 것처럼 거의가 소나무다. 무덤의 '둘레솔'이 도래솔이 됐다.

조선왕조 때 임금의 왕릉에는 송백(松柏)을 심었다는 기록이 여러 번 나온다. 백(柏)은 우리 문헌에 쓰일 때는 잣나무이나 중국 문헌에서는 측백나무로 새겨야 한다. 따라서 소나무와 잣나무를 심은 것으로 해석되나 도래솔은 거의 소나무이며 잣나무를 심은 왕릉은 알려져 있지 않다. 한편 중국의 주나라 때는 묘지에 심을 수 있는 나무를 나라에서 정해주었다. 황제의 능에는 소나무, 왕족

경기 구리 동구릉 안 휘릉(인조 계비 장렬왕후릉)의 도래솔

의 묘지에는 측백나무, 고급 관리의 묘지에는 회화나무, 학자의 무덤에는 모감주나무, 백성들의 무덤에는 사시나무를 심으라고 했다. 신분에 따라 정해준 나무는 나름대로 의미가 있으나, 백성의 묘지에 심도록 했다는 사시나무는 그 상징성을 알고 보면 뒷맛이 씁쓸하다. 흔히 겁에 질린 사람을 두고 말할 때 사시나무 떨 듯 한다고 하듯이, 이 나무는 잎자루가 너무 길어서 산들 바람만 불어도 항상 떨고 있는 나무다. 죽어서도 큰소리치지 말고 벌벌 떨고 있으라는 지배층의 이기적인 주문이 그대로 묻어 있어서다.

숲과 경계를 지우고 무덤을 보호하기 위하여 언제부터 무덤 주위에 둘레나무를 심기 시작하였는가?

우리의 장묘 문화는 조선왕조 이전에도 있었는데, 멀리 청동기 시대의 고인돌부터 삼국 시대의 거대한 왕릉까지 다양하다. 자연스럽게 이때도 당연히 둘레나무가 필요하였을 것이다.

도래솔에 얽힌 흥미로운 기록이 하나 있다. 《삼국사기》 고구려 본기에 나오는 이야기다. 고구려 왕은 9대 고국천왕, 10대 산상왕, 11대 동천왕으로 이어진다. 고국천왕이 죽고 아들이 없자 왕비 우씨는 세 명의 시동생 중 둘째 연우를 도와 그를 10대 산상왕으로 만든다. 그녀는 그 공로로 산상왕에게 개가하여 또 왕비가 됐다. 말하자면 우리 역사상 유일무이하게 우씨는 왕비를 두 번 한 셈이다. 고국천왕 2년(180)에 처음 왕비가 되어 고국천왕의 왕비로 18년, 이어서 다시 산상왕의 왕비로서의 30년을 합쳐 48년에 걸쳐 '퍼스트레이디'라는 영광을 누린다. 산상왕의 뒤를 이어 아들인 동천왕이 등극하자 태후가 되었고, 동천왕 8년(234)에 그녀는 죽음에 이르러 이렇게 유언을 했다.

'내가 행실이 올바르지 않았으니, 무슨 면목으로 지하에서 고국천왕을 만나겠는가? 만약 여러 신하들이 계곡이나 구덩이에 나의 시신을 차마 버리지 못하겠거든, 나를 산상왕릉 옆에 묻어달라'는 것이다.

얼마간의 세월이 지난 후 고국천왕의 혼백은 나라의 유명한 무당에게 이렇게 말한다.

'어제 우씨의 혼백이 산상왕에게 가는 것을 보고는 분함을 참을 수 없어서 마침내 우씨와 다투었다. 내가 돌아와 생각하니 낯이 아무리 두껍다 해도 차마 백성들을 대할 수 없구나. 왕에게 이를 알려서 나의 무덤 앞을 막아버리는 가리개 시설을 하게 하라'는 것이다. 무당이 동천왕에게 이를 알려서 고국천왕의 능 앞에는 자그마치 일곱 겹으로 소나무가 심겨 있다고 한다.

고국천왕의 왕비였던 우씨는 죽은 후에도 시동생이자 두 번째 남편인 산상왕릉 옆에 묻어달라고 한다. 살아온 기간으로 보아도 더 길고, 죽음으로 갈라선 지도 얼마 되지 않으니 고국천왕보다는 산상왕에게 가겠다는 우씨의 선택은 오늘날의 우리 눈으로도 이해가 된다.

분한 마음이야 저승에서도 두 번째 남편을 잊지 못하는 우씨를, 아예 무덤 속에서 나오지도 못하도록 꽁꽁 묶어놓으라고 부탁하고 싶지만 고국천왕은 현명하고 현실적인 판단을 했다. 어차피 막을 명분도 권력도 없어진 '귀신 고국천왕'은 모르는 것이 약이라고 소나무 일곱 겹으로 아예 볼 수 없게 만들었다.

요즈음 만들어지는 무덤에는 어마어마한 석물(石物)에다 가이쓰까향나무에서 일본철쭉까지 의미도 없는 나무를 함부로 심어 호사스런 공원처럼 꾸며놓는다. 죽은 이를 위함이라기보다 살아 있는 후손의 부를 과시하는 것 같다. 둘레나무를 심은 본래의 뜻은 고국천왕의 도래솔처럼 이승과 저승을 갈라놓는 가리개의 의미가 더 크다. 한 번 눈감아버린 풍진 세상, 좋은 일이든 나쁜 일이

든 모두 잊어버리고 편히 쉬시라는 후손들의 깊은 뜻이 서려 있는 것이다. 그래서 권력자의 무덤일수록 도래솔은 두껍게 심는다. 서울 근교의 왕릉을 가보면 도래솔은 일곱 겹이 아니라 아예 숲에 가깝다. 혹시라도 살아 있는 권력이 간섭을 받을까 봐 두려워서가 아닐까.

팔만대장경
경판의 비밀

방송국에서 창사 특집으로 '팔만대장경'을 5부작 프로그램으로 만든다는 연락이 왔다. 해인사에 보관된 경판의 재질이 나무이니 이와 관련된 이야기를 해달라는 주문이다. 규모로 따져서 우리나라는 물론 세계 최고의 나무 문화재다. 거창한 건축물이 아니라 인쇄 문화가 오롯이 녹아 있는 나무 문화재의 진수다. 그전부터 대장경판 목재 연구를 하고 싶었으나 기회가 주어지지 않았다.

그냥 찾아가서 연구를 하겠다는 청을 넣기보다 매스컴과 같이 들어가면 훨씬 호의적이고 협조적이다. 이후 나는 경판을 만든 나무의 수종을 비롯하여 재질과 보존 환경에 관련된 여러 가지 사실을 밝힐 수 있었다.

팔만대장경 경판 글씨

해인사 팔만대장경판 한 장의 크기는 길이 68센티미터 혹은 78센티미터가 대부분이며 너비 24센티미터, 두께 약 3센티미터, 무게 3.4킬로그램 전후로 16년간 제작된 경판은 총 81258장이나 된다. 경판에는 앞뒤로 640여 자, 전체로는 약 5200만 자의 한자 경전이 새겨져 있고 전체 무게는 약 280톤에 이른다.

우선 팔만대장경판은 어디에서 만들어 오늘날 해인사에 보관하게 된 것인가? 지금까지 정설로 알려진 것처럼 강화도에서 새겨서 보관하고 있다가 조선 초 해인사로 옮겼을까?

이렇게 물음표를 찍을 수밖에 없는 것은 관련된 기록이 턱없이

팔만대장경 판전(板殿) 내부

부족해서다. 믿을 만한 기록인《고려사》와《조선왕조실록》의 내용을 근거로 강화도에서 새겨서 보관하고 있다가 1398년 5월에서 1399년 1월까지 아홉 달 만에 해인사로 옮겨왔다는 것이 정설이다. 그러나 이렇게 짧은 기간 동안에 엄청난 양의 경판을 감쪽같이 옮겼다는 것은 믿기 어렵다.

이렇게 기록을 믿기 어려울 때는 과학적인 접근이 필요하다. 나는 나무로 역사적인 진실에 접근해보고 싶었다. 현미경 검사 결과 경판 새김의 재료가 된 나무는 산벚나무와 돌배나무가 대부분이며 거제수나무, 후박나무, 충층나무, 고로쇠나무 등이 조금씩 섞여 있었다. 특히, 자라는 지역이 한정적인 거제수나무와 후박나무는 새김 장소를 찾는 중요한 실마리가 된다. 거제수나무는 주로 해발 600~1000미터 사이의 고산에서 자라며 지리산과 가야산 등 남부 고산 지대에서나 만날 수 있는 나무다. 또 후박나무는 남부 해안 지방과 섬에 자란다. 이런 나무 들을 베어 머나먼 강화도까지 일부러 운반하여 가지고 가서 경판을 새겼다는 '강화도 새김설'은 설득력이 떨어진다. 나무로 본 새김 장소는 해인사 인근 지역이거나 아무리 멀어도 남해안 섬 지방일 것으로 추정된다. 아울러서 엄청난 양의 경판을 강화도에서 새겨서 해인사로 옮겨왔다면 생길 수밖에 없는 긁힘이나 글자 떨어짐, 마모 흔적을 전혀 찾을 수 없는 것도 강화도에서 새겼다는 설을 부정하는 큰 이유다.

아울러 내가 흥미롭게 생각했던 부분은 '760년이 지난 지금까지 어떻게 경판이 깨끗하게 보존되었나'이다. 경판 보관 건물을 과학적으로 건축한 지혜도 돋보이지만 나는 판전 건물의 밑바닥에 주목했다. 얼핏 생각해보면 좋은 나무로 튼튼한 마룻바닥을 설치해야 맞을 것 같다. 그러나 판전의 바닥은 마루를 깔지 않은 흙바닥 그대로다. 이를 두고 사람들은 흙바닥 속에 특별한 비밀이라도 있을 것이라고 했다. 처음에는 숯을 켜켜로 흙 속에 깔아 건물 내부가 일정한 수분을 유지하도록 조절해주고 벌레가 살지 못하게 했다고 생각했다.

이런 미확인 '숯 매몰설'은 사실처럼 전해졌다. 입에서 입으로 전하는 이야기란 과장되게 마련이다. 판전 바닥에 숯이 묻혀 있다는 믿음은 숯의 신비한 효능을 이야기할 때마다 들먹이는 단골 메뉴였다. 확인은 바닥을 파보면 금세 알아볼 수 있는 간단한 일이다. 나는 경판 조사를 처음 시작할 때부터 바닥을 파보자고 여러 번 해인사에 청을 넣었지만 번번이 뜻을 이루지 못했다. 궁금증으로 사물을 바라보는 자연과학자는 언제나 사실 확인에만 매달린다. 신성한 경전이 보관된 판전 바닥을 무엄하게도 괭이로 파헤쳐 보겠다고 덤볐으니 쉽게 허락이 날 리가 없었다.

십여 년 공을 들이자 파도 된다는 부처님의 자비가 베풀어졌다. 곧바로 해인사로 달려가서 팔만대장경판 보관 건물인 법보전과 수다라장에서 모두 일곱 군데를 표본 장소로 선정했다.

사방 1미터 정방형의 자그마한 터를 잡고 조심스럽게 파내려갔다. 약간의 흥분과 설렘으로 곡괭이 끝을 응시하면서 마주치는 땅속의 그 무엇도 놓치지 않으려 했다. 바닥을 깊이 1미터 정도 파보았지만 일곱 군데 어디에도 숯이 대량으로 묻혀 있지 않았다.

우리는 지금까지 판전 바닥에 숯을 넣어 습도를 조절하고 경판이 벌레 먹지 않도록 조치한 것으로 잘못 알고 있었다. 판전 바닥은 주위의 흙으로 그냥 메운 것 이상도 이하도 아님을 확인한 셈이다. 이는 배수가 잘되는 경사지에 위치한 판전 바닥에 구태여 숯을 넣지 않아도, 판전 안 공기가 가지고 있는 수분의 남고 모자람을 흙과 직접 주고받으며 서로 보충할 수 있다는 사실을 알려준 것이다. 판전의 대기가 너무 메말라 있을 때는 바닥 흙에서 올라오는 수분으로 습도를 높여주고, 장마 때처럼 공중 습도가 높으면 바닥 흙이 수분을 흡수하여 습도를 내려주는 자연 순환식 설계를 한 것이다. 흙바닥 그대로의 자연 상태는 과학적으로도 이유 있는 경판 보존 환경이다.

팔만대장경판은 유럽까지 정벌한 대제국 몽골과 처절한 항쟁을 벌이는 전쟁 중에 만든 귀중한 문화재이다. 불교의 교리를 담은 특정 종교의 유물이 아니며, 경판을 새기고 보관하는 데 쓰인 과학기술은 오늘의 눈으로도 경이롭다. 그러나 팔만대장경판은 인쇄하여 불경의 내용을 해석한 것 이외에는 제작 기법이나 보관 기술 등 아직도 아는 것보다 모르는 것이 더 많은 미스터리 유물이다. 우리 민족의 위대한 문화유산의 하나인 팔만대장경판을 자손만대에 고스란히 물려주기 위해서는 더 많은 관심과 연구가 필요하다.

썩은 나무토막으로 찾는
역사의 편린

1990년대 중반쯤이다. 좀 이른 아침에 당시 《조선일보》에 〈잃
어버린 왕국〉을 연재하고 있던 최인호 작가가 전화를 걸어왔다.

나무라는 재미없고 딱딱한 자연과학의 한 분야를 붙잡고 평생
을 살아온 나에게 유명작가가 왜 연락을 해왔을까? 의문은 금방
풀렸다. 내가 1991년에 발표한 〈무령왕릉 출토 관재의 재질〉이라
는 논문에 관련된 내용을 좀 더 알고 싶어했다. 이렇게 그와 맺은

인연은 2013년 안타깝게
작고할 때까지 이어졌다.

1971년 7월 5일, 충남
공주 송산리 고분군에서는
백제 25대 무령왕(462~523)
의 왕릉 발굴이 있었다. 방
대한 유물 중에 11조각의
관재도 포함되어 있었지만

무령왕릉 관재 조각과 고리

이 으스스한 널빤지에 발굴에 참여한 고고학자들조차 크게 주목
하지 않았다. 발굴 보고서 첫머리에 '관재는 밤나무다'라고 적어둔
것이 전부였다. 발굴 후 거의 20년이 지난 1990년에 관재를 다시
조사할 기회를 가졌다.

최인호 작가는 2006년 발간된 그의 장편 소설《제4의 제국》에
서 이렇게 썼다.

'나무의 세포 형태를 연구하는 목재조직학이 전공이었던 박상
진은 마침내 숙원이었던 작업을 오늘밤에 해치울 수 있다는 흥분

으로 편도선이 부어 있는 것도 잊고 있었다. 박상진은 오래전부터 무령왕릉에서 출토된 관목의 파편을 채취해 그것을 분석하고 싶다는 강한 열망을 갖고 있었다. 왜냐하면 고분에는 그 당시의 문화가 모두 집결되어 있으며, 그 시절 가장 호화로운 장신구와 가장 귀중한 보물들과 가장 세련된 문화의 유물들이 총망라되어 있기 때문이다. 대부분 발굴된 대형 무덤들이 왕족들이나 귀족층의 무덤인 만큼 예술적인 모든 역량이 총동원될 수 있었으며, 특히 한 번도 도굴된 적이 없는 처녀분인 무령왕릉의 관목이야 새삼 일러 무엇하겠는가. 문화는 항상 유동적인 것. 고립된 지역이 아니라면 이웃한 나라와의 끊임없는 교류로 변화하고, 발전하게 마련이다. 이러한 문화적 변동은 고분에 들어 있는 유물에 고스란히 반영되어 있다. 즉 고분은 해당 시대의 총체적인 문화를 읽을 수 있는 압축 파일과 같기 때문이다.'

그의 말대로 무령왕릉의 관목을 조사한 결과 '금송(金松)'이란 나무로 만들어졌음을 밝힐 수 있었다.

다시 그의 소설 속의 금송을 더 만나보자.
'금송은 겉씨식물 바늘잎나무 무리에 들어가는 늘 푸른 나무다.

혹 이름만 보고 '금빛 나는 소나무' 쯤으로 생각하겠지만 소나무와는 정작 촌수 세기도 어려운 먼 친척일 뿐이다. 식물학적으로는 낙우송(落羽松) 과(科)에 속하는 침엽수이며, 자손이 귀한 금송(金松) 속(屬) 집안의 외동아들이다. 세계의 다른 어떤 곳에서도 나지 않고 오직 일본열도의 남부 지방에서만 자란다. 키가 수십 미터에 지름이 두세 아름을 훌쩍 넘어 자라는 큰 나무인 것이다.

판자로 만들어놓으면 연한 황갈색을 띠며, 고급스럽고 나이테가 살짝 드러나는 은은함이 돋보인다. 또한 잘 썩지 않으며, 특히 습기가 많은 장소에 있더라도 오래 견딜 수 있어 고급 나무관으로는 최상품으로 꼽고 있다. 나무통이나 배를 만드는 데 알맞은 이 금송은 당연히 최고급 목재로서 일본 황궁의 기둥을 비롯해 귀족과 임금의 관재로 쓰였던 특산품인 것이다.'

금송은 일본인들이 자기네들 나라에만 자라고 재질이 좋으며 모양마저 아름답다고 자랑해 마지않는 '일본의 나무'이다. 무령왕릉 관재가 금송이라는 사실은 당시의 한일 관계를 짐작해볼 수 있는 귀중한 실증적 자료이다. 또 부여의 왕궁 터인 관북리 유적과 익산 미륵사지에서 금송을 비롯하여 일본 특산 삼나무와 편백이 출토된 바가 있다. 이렇게 백제의 나무를 분석해보면 일본 특산 나무가 광범위하게 포함되어 있다. 한마디로 백제와 일본이 얼마나 긴밀한 관계를 맺고 있었는지를 짐작할 수 있는 증거이다. 그 외 신라 금관총과 최근에 발굴된 창녕 가야고분의 관재 일부도 일본에서 가져왔을 가능성이 높은 녹나무였다. 한편 낙랑고분의 관재 일부는 중국 남부 특산인 넓은잎삼나무로 만들었으며, 낙랑과 중국 대륙과의 관계를 증명한다.

비교적 큰 유물이라면 수많은 동심원으로 나타나는 나이테를 만나게 된다. 여기에는 수만 년 전 지구에 무슨 일이 일어났는지도 짐작할 수 있을 만큼 여러 가지 정보가 들어 있다. 예를 들어 혜성이 지구와 충돌하여 엄청난 기후 변화가 오면 그해의 광합성에 영향을 미치고 그 결과는 나무의 나이테에 고스란히 남는다. 나이테 지름이 좁고 넓게 너울처럼 파동 치는 이유는 당시의 환경을 그대로 반영한 것이다.

수목의 나이테를 이용한 연대 측정법을 일컫는 연륜연대학(dendrochronology)은 옛 기후를 알아내고 유물의 연대를 추정하는 데 활용된다.

나이테는 자연계의 수많은 정보를 저장하고 있는 테라급 대용

국립공주박물관에 전시 중인, 복원된 무령왕과 왕비의 목관

량 하드디스크이나 우리가 해독하는 부분은 극히 일부이다. 이처럼 유물 발굴 터에서 나오는 썩은 나무 한 토막은 지구의 역사에서 선조들의 생활상까지 짐작해볼 수 있는 정보의 바다이다.

최근 우리는 여러 개발 사업의 영향으로 매장 문화재의 발굴 소식을 수시로 접한다. 발굴이 끝나면 거대한 콘크리트 건물이 들어서는 것으로 발굴 터는 영영 사라져버리는 경우가 많아 아쉬움이 남는다.

산 사람의 생활 터전 마련을 위하여 어쩔 수 없는 일이지만, 발굴 유물의 고고학적인 의미를 조사하고 보존하는 과정에 한 가지 짚어볼 부분이 있다. 과학적 분석의 필요성이다. 유물의 재료는 무기물인 흙, 돌, 철과 유기물인 나무가 대부분이다. 특히 나무의 경우, 가공 상태인 인공 유물이나 자연 그대로의 유물을 막론하고 특별한 경우가 아니면 기본적인 재질 분석이 거의 이루어지지 않는다. 하지만 발굴 터에서 나오는 출토 목질 유물은 사람들과 함께 살아온 생명체이므로 당시 주변의 자연환경이 몸속에 그대로 반영되어 있다. 여기에는 나무의 세포 형태를 연구하는 목재조직학의 지식을 동원하여 몸속의 여러 정보를 분석하고 해석할 수 있다. 오래된 나무 유물은 주변 환경에 따라 썩음의 정도는 달라도 나무 세포의 기본 모양을 그대로 간직하고 있어서 현미경으로 나무의 종류를 찾아낼 수 있다.

무슨 나무인지가 어떤 의미가 있는가? 나무는 저마다 좋아하는 환경이 서로 달라 어느 한정된 지역에만 자라는 특성을 갖는다. 때문에 무슨 나무로 만든 것인지를 알아내는 일은 당시 사람들의 지역 혹은 국가 사이의 교역 범위를 짐작케 하는 바로미터다.

금송 잎과 솔방울 모양의 열매

청령포에서 만난
단종과 정순왕후의 나무

조선왕조 6대 임금인 단종의 비극은 권력의 비정함을 우리에게 그대로 와 닿게 한다. 바로 그 현장인 강원 영월 청령포에는 관음송이란 별명을 가진 아름드리 소나무가 자란다. 유배당한 임금과 아픔을 함께했다고 알려진 나무다.

10월의 어느 맑은 일요일을 알현하는 날로 잡았다. 시원하게 뚫린 중앙고속도로를 타면 한달음에 달려갈 수 있다. 제천 나들목

앞쪽 삼면이 강물이고 뒤는 절벽인 청령포

에서 빠져나와 영월로 들어가면 남한강 상류, 유명한 동강의 서
쪽에 자리 잡은 '서강'이란 이름의 강이 있다. 영월읍으로부터 십
리 남짓한 청령포, 물줄기가 자라목마냥 한 바퀴를 제자리에서 돌
아치는 곳이다. 삼면이 깊은 강물로 둘러싸여 있고 한쪽은 험준한
절벽으로 가로막혔다. 배를 타지 않고는 들어갈 수도 나올 수도
없다.

1457년 6월 28일 단종은 임금 자리에서 쫓겨난 지 2년 4개월여 만에 군사 십여 명과 시녀 몇 명에 둘러싸인 채 이곳으로 귀양 온다. 오늘날처럼 위성사진도 없던 시절, 어떻게 이런 기막힌 지형을 찾아냈는지 옛사람들의 정보력도 대단했던 것 같다.

단종이 이곳에 들어올 때 나이는 겨우 열일곱 살, 오늘의 우리 아이들이라면 고등학교 1학년이다. 임금 노릇 두 해째인 1454년 열네 살의 사춘기 소년 단종은 한 살 연상인 정순왕후(定順王后)를 맞아드린다. 어린 부부는 애틋한 사랑으로 어려운 처지를 버텨 오다 어느 날 갑자기 단종 홀로 청령포로 쫓겨난 것이다.

관음송은 나이가 약 육백 살로 알려져 있으며 유배당한 임금과 아픔을 함께했다고 한다. 주변은 울창한 솔밭이며, 나무는 숲의 가장자리 쪽으로 조금 비켜서서 자리를 잡고 있다. 높이는 자그마치 30미터로서 웬만한 고층아파트에 버금간다. 둘레는 거의 세 아름에 이르고 줄기가 곧아 흔히 보는 꼬불꼬불하고 자그마한 소나무와는 사뭇 다르다. 두 갈래로 갈라져 하나는 서쪽으로 약간 기울어져 있다. 줄기 둘 다 가지를 별로 매달지 않고 거침없이 더 높은 하늘을 향하여 힘차게 솟았다. 소나무 특유의 붉은 껍질과 함께 펼쳐진 나무의 웅장한 모습은 채 펴보지도 못하고 비명에 가버린 단종의 혼이 담겨 있는 듯도 하다. 이 소나무가 비극의 현장을 지켜보았고, 단종의 슬픈 말소리를 들었다 하여 후세 사람들이 관음송(觀音松)이란 이름을 붙여주었다. 단종은 이 나무에 기대서서 멀리 한양을 바라보며 두고 온 왕비 생각에 눈물의 세월을 보냈다고 한다. 그러나 그 세월마저 잠시였다. 귀양 온 지 4개월 남짓, 그해 9월에 일어난 산너머 경상도 순흥부의 금성대군 역모 사건을 핑계로 세조는 어린 조카를 아예 없애버리기로 결심한다. 애태우며 그리던 왕비는 영영 만나지 못한 채 10월 24일, 영월 읍내의 관풍헌 어디에선가 살해당하는 것으로 단종의 짧은 생은 역사 속으로 사라진다. 수많은 관광객이 들어와도 여기서는 모두 웃음을 잃어버린다. 손수건을 꺼내 눈물을 훔치는 광경도 흔하다.

이런 전설은 전설대로 믿고 아픈 역사를 되돌아보는 것으로 관음송과의 만남에 의미를 부여한다. 어디를 가나 오랫동안 전공으로 다져진 '버릇'을 버리기는 어렵다. 주위 숲에는 관음송의 보호를 위하여 잘라낸 소나무 그루터기가 흔한데, 예사롭게 지나칠 수가 없었다. 습관적으로 나이테를 세어보고 당장에 육백 살이란 관

웅장한 모습의 관음송

음송 나이에 물음표를 붙여버렸다. 나이테의 평균 너비와 나무의 지름을 대비하여 어림셈으로 따져보니 아무리 나이가 많아도 사백 살을 넘지는 않을 것 같았다. 찾아오는 관람객을 실망스럽게 하는 이런 알량한 '과학적인 분석'은 모르는 것이 차라리 나을 수도 있다. 단종이 머물던 약 550년 전 청령포에서 걸터앉을 수 있는 나무는 이곳 지형의 생김새로 봐서는 소나무일 수밖에 없다. 어차피 관음송의 선조 나무이었을 터이니, 나처럼 꼬치꼬치 따지지 말고 전설은 그대로 받아들여 사람들의 기억에 남아 있었으면 좋겠다.

한편 열여덟 살에 단종과 헤어진 정순왕후는 평민으로 강등되어 청량리 밖 정업원(淨業院)에서 한 많은 일생을 보낸다. 정순왕후는 세조, 예종, 성종, 연산군의 시대를 거쳐 중종 때인 1521년 6월 4일, 여든두 살로 생을 마감하여 경기 남양주 진건면 사능리에 위치한 지금의 사릉(思陵)에 묻힌다. 단종이 영월에 묻히면서 둘은 죽어서도 만나지 못하고 오늘에 이르렀다. 사릉은 지금 소나무 도래솔로 둘러싸여 있다. 묘역이 조성되고 거의 500년의 세월이 흘렀다. 당시에 심었던 소나무는 남아 있지 않으나 지난 역사의 눈

영월로 가지가 뻗은 것처럼 보이는 사릉의 도래솔

으로 바라보면 모양새가 심상치 않은 나무가 눈에 띈다. 우선 홍살문 오른편의 소나무 두 그루는 마치 부부가 마주보는 형상을 하고 있어서 눈길을 끈다. 그 외에도 보는 사람의 착각인지 몰라도 사릉의 소나무는 단종이 묻힌 동쪽의 영월을 향하고 있다는 생각을 지울 수 없다. 살아서는 더 이상 만나지 못했던 두 분의 영혼이 사릉의 소나무에 깃들어 있는 것 같아 애잔한 느낌이다. 그래서 나는 속리산 정이품송을 삼척 준경묘 소나무에 장가를 보내듯 영월 관음송에서 꽃가루를 채취하여 사릉의 소나무와 혼인을 시키면 어떨까 생각해본다. 마침 사릉에는 문화재청 양묘장이 있으니 이렇게 생산한 묘목을 조선 왕릉에 보급한다면 더 의미가 있을 것 같다.

창덕궁에서
가장 오래된 나무는?

　천만이 넘는 사람이 모여 사는 곳, 비좁은 서울은 사람과 사람
의 부대낌으로 하루를 시작한다. 지하철을 타도 거리를 걸어도 어
깨가 부딪히기 일쑤다. 다행히 사람 냄새가 지겨울 때 훌쩍 찾아
갈 수 있는 거리에 항상 개방된 '궁궐'이라는 행복한 공간이 있다.
궁궐에는 무엇이 있는가? 임금님의 공간이니 당연히 왕비와 왕자
와 함께 살아갈 살림집이 있고 나라를 다스릴 만한 위엄이 서린

커다란 정궁(正宮)이 필요하다. 하지만 궁궐에는 궁궐 집만 있는 것이 아니다. 사람이 일부러 지은 건물 말고도 살아 숨 쉬는 자연, 나무가 만들어놓은 숲이 있다.

역사의 혼돈 속에 나무로 지어진 건물은 불타 없어지고 다시 짓는 과정이 수없이 반복됐다. 조선왕조의 궁궐 중에서 창건 당시 모습이 그대로 남아 있는 건물은 하나도 없다. 모두 훗날 복원된 건물들이다. 그러나 나무들 중에서는 궁궐이 세워지기 이전부터 변함없이 자리를 지켜온 터줏대감들이 여럿 있다. 그래서 이곳 나무들을 마주하고 앉아 지나온 그들의 삶들을 찬찬히 알아보고 싶다. 비록 말 한마디 없고 표정 하나 드러나지 않지만, 가만히 눈을 감아보면 나무를 매개로 펼쳐지는 역사의 장면 장면이 하나씩 뇌리를 스쳐간다. 이들 중 파란만장한 조선왕조의 영욕을 그대로 가감 없이 지켜보며 살아온 대표적인 나무가 있다.

궁궐에서 가장 오래된 나무는 창덕궁의 칠백오십 살 터줏대감 천연기념물 194호 향나무다. 이 나무는 1828~30년에 제작된 창덕궁과 창경궁의 상세 그림 〈동궐도(東闕圖)〉에도 그려져 있다. 돈화문에서 궁궐의 서쪽 담장 옆길을 따라 150미터쯤 갔을 때 보이

750살이나 된 창덕궁 터줏대감 향나무

는 것이 조선 시대 역대 임금의 유품을 보관하던 봉모당(奉謨堂)이
다. 그 앞뜰에서 정말 기품 있는 고목 한 그루를 만날 수 있다. 고
려 말부터 편치 않은 세상을 살아온 탓인지 나무의 모양새는 세월

의 풍상을 고스란히 간직하고 있는 것 같다. 우선 그는 키 자람부터 조심스럽다. 천연기념물로 지정될 당시의 키는 6미터 남짓, 칠백여 년 동안 자란 모두가 이 정도다. 일 년에 1센티미터도 자라지 않았다. 험난한 세상 살아남기 위하여 한껏 몸을 낮춘 셈이다. 궁궐에 살아간다고 생명이 보장된 것은 아니다. 임금님은 물론 신하들의 눈에라도 들어 '베어서 왕실의 제향(祭享)하는 향으로 쓰옵소서' 하면 순간에 잘려 나간다. 그래서 몸체인 줄기를 용틀임을 하듯이 뒤틀고 큰 가지도 옆으로 길게 뻗어 서쪽 가지는 거의 땅에 닿을 듯이 해놓았다. 향을 만드는 나무로 보지 말고 바깥 모양으로 예쁘게 보아달라는 주문일 것이다. 아울러서 사람들이 탐내는 속살은 아예 썩혀 없애버리고 가운데를 텅 비게 했다. 덕분에 궁궐 안에서 역사란 이름의 소용돌이가 아무리 거세어도 살아날 수 있었다. 이제 그는 몸체가 잘려져 향으로 날아갈 근심에서는 완전히 해방됐다. 하늘이 내리신 수명(樹命)을 다할 때까지 조선왕조 오백 년을 몸소 겪어온 산 증인으로서 여생이 보장된 것이다. 이 향나무는 기념물로 지정된 이후 거의 오십 년 넘게 나무 다듬기를 하지 않았다. 따라서 전체적인 나무 외관은 뾰족한 원뿔형이 되었으며 높이는 지정 당시의 두 배에 이르는 12미터까지 자랐다.

〈동궐도(東闕圖)〉에도 그려져 있는 향나무

　모습은 예전의 〈동궐도〉에 비해 완전히 달라졌다. 천연기념물은 가능하면 인위적인 가지치기를 하지 않는 원칙이 있기 때문이다. 하지만 나는 의견이 다르다. 옛 모습을 보여주는 사료가 있는 나무는 가지치기를 해서라도 그 모습대로 복원해야 한다고 생각한다. 마침 나는 2007년~2009년의 만 2년에 걸쳐 문화재청 '문화재위원회 천연기념물 분과위원'이란 감투를 갖고 있었다. 중요 사항에 대한 의결 관례는 십여 명의 위원이 만장일치를 해야 하기에 의견이 다르면 시정하는 일은 거의 불가능하다. 제대로 문제제기도 못 하고 속앓이만 하다가 짧은 임기가 끝나버렸다. 문화재위원은 심지어 30년을 하는 분도 있지만 나처럼 2년 단임도 있다. 사실 나는 전국에 흩어져 있는 천연기념물 고목나무 이백칠십여 곳을 이십여 년에 걸쳐 전부 답사하고 간이 조사와 영상 자료를 확보한 상태였으니 나름대로 자격이 있다고 자부하고 있었다. 나중에 들어보니 참여정부 시절 임명된 위원은 정권이 바뀌면서 거의 교체됐다고 한다. 하찮은 이런 감투까지 정치적 영향을 받는다는 사실에 분노보다 슬픔을 느꼈다.

　문화재위원이란 감투를 벗어버리고 나니 의견 내놓기는 더욱 어려워졌다. 그런데 나의 바람을 하루아침에 들어준 해결사가 있었다. 2010년 9월 2일 중부 지방을 강타한 태풍 곤파스가 지나가면서 창덕궁 향나무의 웃자란 부분을 깔끔하게 잘라버렸다. 감히 문화재위원회 허락도 받지 않은 곤파스의 용기에 나는 박수를 쳤다. 태풍이 지나간 다음 날 창덕궁으로 달려갔다. 이백여 년 전 옛 〈동궐도〉에서 본 그대로 깔끔하게 정리된 모습을 보고 고소를 금할 수 없었다. 태풍으로 엄청난 피해를 입은 분들에게는 매우 죄송하지만 창덕궁 향나무를 볼 때마다 곤파스에 감사한다.

금송

항일유적지에 자리를 차지한 일본 나무

항일유적지는 특별한 의미를 부여해야 할 곳이다. 남북 분단을 비롯한 오늘날의 아픈 현대사는 모두 일제 침략이 원인이다.

광복 후 우리 손으로 항일유적지를 만들고 정비할 때 무슨 나무를 심어야 할지는 별로 고민을 하지 않은 것 같다. 대표적인 곳이 이순신 장군의 사당(祠堂)인 충남 아산 현충사(顯忠祠)다. 처음 유적지를 조성할 때 이곳은 온통 일본 나무 일색이었다. 담당 공무원들은 나무의 국적 따위에 관심도 없었고 당시 쓸 만한 조경수는 일본서 가져다가 키워서 파는 수준이니 우리 나무는 구하기도 어려웠다. 최근 들어 일본 수종에 대한 문제가 제기되면서 우리 나무로 새로 심어 많이 정리가 됐지만 유독 금송(金松) 한 그루는 굳세게 자리를 지키고 있다. 나는 오래전부터 현충사 금송은 절대 그 자리에 있어서는 안 될 나무라는 점을 이야기해왔다. 그러나 이런 주장은 이름 없는 한 대학교수의 넋두리일 뿐 아무도 관심을 가져주지 않았다. 다행히 2011년 봄 시민단체 '문화재제자리찾기'의 대표 혜문 스님이 서울행정법원에다 현충사 금송을 옮겨 심어달라는 청구 소송을 내면서 비로소 매스컴의 주목을 받게 됐다. 결과는 '행정처분의 영역이 아니다'라며 기각하는 것으로 끝이 났다. 스님은 문화재청에도 금송을 처리해달라는 청원을 냈으나 문화재위원회에서 거부당했다.

도대체 나무 한 그루가 왜 이렇게 문제가 되는가?

최인호 작가의 《제4의 제국》이야기에서도 잠깐 언급했지만 금송은 일본을 대표하는 나무다. 일본인들이 예부터 신성하게 여겼으며 그들의 역사책 《일본서기》에도 등장하고 일본 왕실과도 깊은 인연이 있다. 일왕이 참석하는 기념식수 행사에는 금송을 흔히 심으며, 최근에는 왕위 계승 서열 3위인 유인친왕(悠仁親王)의 인장을 금송으로 만들었다고 한다. 한마디로 금송은 자라는 곳부터 쓰임까지 일본을 떼고는 말할 수 없는, 일본을 상징하는 나무다.

이런 일본 나무가 우리의 대표적 항일유적지인 충남 아산 현충사와 금산 칠백의총(七百義塚)을 비롯하여 경북 안동의 도산서원에서도 40년 넘게 자리를 지키고 있다. 뜻있는 분들은 끊임없이 금송이 있어야 할 위치가 아님을 문제 삼아왔지만 문화재청은 요지부동이다.

이유는 단순하다. 박정희 전 대통령이 직접 기념식수로 보내준 나무라서 그 자체가 문화적 값어치가 있으므로 손댈 수 없다는 논리다. 20세기 초 지금의 청와대 자리인 조선총독부 총독 관사에서는 그들이 좋아하는 금송 세 그루를 심고 일제강점기 내내 가꾸어오고 있었다. 1971년 박 대통령이 청와대 뜰의 금송을 아산 현충사, 금산 칠백의총, 안동 도산서원 등 세 곳의 유적지마다 한 그루씩 내려 보내서 오늘에 이른다. 박 대통령이 금송이란 나무의 내력을 알고 있었다고 생각하지는 않는다. 나무의 원산지와 역사·문화적인 배경을 따지는 일은 관련 전문가의 몫이다. 한 나라를 통치하는 데 하찮은 나무의 내력까지 대통령이 알 필요도, 알 수도 없었을 것이다. 더욱이 그는 걸핏하면 친일 경력으로 시달림을 받았는데, 일본 냄새가 너무나 진한 금송을 일부러 심게 하지는 않았을 터이다. 나를 포함해 금송이 자라는 장소가 적절하지 않음을 지적하는 분들도 당장 금송을 베어내서 없애버리자는 것이 아니다. 위치가 너무 민망한 자리에 있으니 조금 옆으로 옮기자는 주장이다.

현충사 금송 자리는 본전 오른쪽에 있어서 이순신 장군의 영정에서 항상 내려다보이는 곳에 있다. 장군의 혼백이 계신다면 매일 밤 꿈자리가 사나우실 것 같다.

칠백의총의 경우 사당인 종용사(從容祠) 바로 앞에 있다. 특히 칠백의총은 임진왜란 때 전사한 조선 의병 700인의 혼을 모신 곳이고, 일제강점기에 일본인들이 파괴한 비석 조각을 모아서 성역화한 우리의 가장 뼈아픈 항일 역사 현장이기도 하다. 현충사나 칠백의총의 금송을 조금 옮겨 심는다고 문화재청에서 말하는 대로 '문화적인 값어치'가 얼마 만큼이나 훼손될 것인가?

문화유적지를 보호하고 아끼는 이유는 당시를 살다 간 선조들의 얼과 정신을 이어받고 오늘의 우리를 다시 한 번 되돌아보는

충남 아산 현충사의 금송

충남 금산 칠백의총의 금송

경북 안동 도산서원의 금송

데 있다. 금송을 보기 좋은 조경수로만 생각하면 될 일을 국제화를 외치는 이 대명천지에 무슨 나무의 국적까지 따지냐는 분들도 많다. 그러나 나무의 내력을 조금만 안다면 일본과 상징성이 너무나 많이 겹치는 금송의 위치가 자꾸 눈에 밟힐 것이다. 잘라버리자는 것도 아니고 지금의 위치를 조금만 조정하자는 의견 정도는 받아들이는 문화재청의 유연성을 기대해본다.

숲과 나무,
그리고 인간의 역사

인류가 지구상에 처음 출현하면서 나무는 우리 곁에 있었다. 나무를 태워 불을 이용하였고 필요한 생활 도구는 대부분 나무에서 얻었다. 나무가 모인 곳 숲은 바로 원시인들의 생활 터였다. 좋은 숲을 찾아 이 숲에서 저 숲으로 떠돌이 생활을 하던 사람들은 지금으로부터 약 만 년 전쯤 식물을 재배하고 키우는 농업을 알면서 비로소 정착의 필요성을 느끼게 된다. 사람이 정착하게 되자 편의

성과 기술이 필요해졌고, 인간만이 가진 '문명'이란 질서가 움트기 시작한다. 메소포타미아, 인더스, 나일, 황하 유역의 세계 인류 문명 발상지가 생겨난 것이다. 모두 큰 강을 끼고 있는 비옥한 땅들이다. 농사를 짓고 사람들이 살아가기 위하여 절대로 필요한 물이 있어서다. 그러나 한 껍질을 벗겨보면 물을 대주는 곳에 울창한 숲이 있어서 문명의 발상지라는 영예를 얻을 수 있었다.

이런 찬란한 문명들은 어느 날 흔적도 없이 사라져버린다. 그 원인의 한 가닥은 언제나 숲의 파괴와 연결된다.

대표적인 예가 있다. 위대한 수메르 문명의 일부를 알 수 있는 기록, 〈길가메시 서사시〉에 나오는 이야기다. 문자의 기록으로 남은 최초의 위대한 영웅 길가메시는 메소포타미아 남부의 도시 왕국 우르크를 보다 아름답고 웅장하게 건설하여 후세에 남기고 싶어 했다. 다행히 왕국과 멀지 않은 곳에 아름드리 레바논삼나무가 가득 찬 숲이 있었다. 그러나 숲에는 수메르 최고의 신 엔릴의 명령을 받고 숲을 지키는 괴물 훔바바가 있어서 접근할 수 없었다. 그는 친구 엔키두와 함께 훔바바를 죽이고 울창한 나무를 베어내는 데 성공한다. 숲의 파괴는 환경 재앙이 뒤따르기 마련이다. 곧이어 닥쳐온 가뭄의 신은 용케 물리쳤으나 엄청난 홍수는 피하지 못했다. 인류 최초의 환경 파괴에 의한 자연재해 기록이다. 이후 오늘날까지 이곳은 황량한 사막으로 남게 된다. 이처럼 대부분의 고대 문명의 발상지는 생활 편의를 위해 분별없이 숲을 망가트린 탓에 찬란한 역사를 접어야 했다.

　우리나라도 물론 예외일 수 없다. 천년 왕국 신라가 멸망의 과정을 밟게 된 여러 이유 중의 하나도 경주 주변의 숲을 가꾸고 보전하는 데 소홀했기 때문이다. 《삼국사기》에 이런 기록이 있다. 신라 49대 헌강왕은 어느 날 신하들과 월상루라는 망루에 올라 사방을 둘러보면서 시중 민공에게 "내가 듣건대 지금 민간에서는 기와로 지붕을 덮고, 숯으로 밥을 짓는다는데 과연 그러한가?"라고 물었다는 대목이 나온다. 산업용으로 아껴 써야 할 숯이 고급 관리는 물론 민가에까지 퍼졌으니 수요가 확산된 것은 두말할 나위도 없다. 숯은 질 좋은 고급 연료나 자원 낭비가 심하다. 무게로 따져도 질 좋은 숯은 원료가 된 나무의 십분의 일에 불과하기 때문이다. 수요가 늘어난 만큼 수많은 나무가 잘려 나갔고 당연히 숲은 파괴됐다.

　한반도는 3~4천 년 전 북방 민족이 이주해 오기 전에는 참나무

뾰족한 모습이 특징인 레바논삼나무

를 비롯한 넓은잎나무로 이루어진 원시림의 숲 그대로였다. 인구가 많아지면 숲을 파괴하여 농경지를 넓히는 일이 먼저 이루어지기 마련이다. 평지가 많은 서해안 지역, 북으로 평안도에서 전라도를 잇는 평야와 구릉지가 가장 먼저 피해를 입는다. 처음이야 지대가 낮은 곳부터 시작되었지만 차츰 낮은 산에서 웬만큼 높은 산의 숲도 파괴의 대상이 됐다. 숲이 파괴되어 땅이 척박해지면 살아남을 수 있는 나무는 우리나라의 경우 대부분 소나무로 한정된다. 반대로 숲이 우거지면 햇빛을 좋아하는 소나무는 참나무를 비롯한 다른 넓은잎나무에 눌려 사라지게 마련이다. 오늘날 우리 주변의 산은 소나무가 가장 많고 국민이 가장 좋아하는 나무도 역시 소나무다. 선조들의 시문집이나 설화 속의 수많은 이야기가 소나무를 바탕으로 한다. 산에 소나무가 많다는 것은 선조들이 숲을 파괴하면서 살아온 결과물이고 증거다.

좁은 한반도 땅에 사람이 차츰 많아지다 보니 살아남기 위하여 숲은 파괴될 수밖에 없었고, 숲 보호를 깊이 생각해온 선각자도 별로 보이지 않는다. 조선 시대에 들면서 기껏 소나무 보호를 위하여 '송목금벌령'이란 일종의 특별법을 만들어 시행했지만 소나무를 보호하고 숲을 지키는 데 실패한다. 조선 말의 국정혼란과 일제강점기, 광복 후의 혼란과 한국동란을 겪으면서 숲은 거의 파괴되어 민둥산이 됐다. 1970년대 중반 강력한 산림보호 정책을 편 덕분에 오늘 회복되어가는 우리 숲을 볼 수 있게 됐다.

하지만 문제는 지금부터다. 나라의 경제 규모가 급속히 팽창하면서 숲의 면적은 이런저런 이유로 해마다 줄고 있다. 한반도는 사람들이 숨 쉬고 살아갈 공기를 청정하게 해줄 기본 면적이 항상 미달이다. 사정이 이러하니 국내에서는 '교토의정서'에 따라 산업체들이 이산화탄소 배출량을 줄이거나, 산에 나무를 심어야 하는 규정을 지키지 못하게 됐다. 탄소배출권을 줄이는 일은 기본적으로 어렵고 시간이 걸리는 일이라서, 결국 산업체들은 나무를 심는 다른 회사로부터 돈을 주고 탄소배출권이란 희한한 권리를 사 오게 생겼다.

또 다른 문제는 삶의 질이 향상되면서 천연 원료인 목재에 대한 수요가 급격히 증가하는 반면 우리 산의 나무로 지탱하는 자급률은 5퍼센트에 불과하다는 사실이다. 넓은 의미로 에너지 자원인 나무는 석유와 마찬가지로 안정적으로 확보해야 할 기초 자원이다. 자급률을 올리는 일이 시급한 과제이나 현실은 반대로 가고 있다. 우리 숲의 대부분이 어린 나무들로 구성되어 있고, 휴양림이나 수원함양림으로서 기능이 더 크게 강조되어 베어내어 쓸 수 있는 나무는 갈수록 줄어들고 있다.

이제 우리는 숲을 바라보는 시각부터 바꿔야 한다. 숲은 돌보지 않아도 그 자리에 그대로 있으면서 인간에게 혜택만 준다는 인식은 잘못됐다. 인간과 서로 주고받으면서 공존해야 하는 필수 불가결의 숲이라는 인식이 필요하다. 한 걸음 더 나아가 녹색 공간을 늘리는 일에 더 적극적인 노력이 있어야 한다. 예를 들어 도시의 작은 공간에라도 강력한 나무 심기 운동을 전개하고, 목재 사용량을 획기적으로 줄이는 운동을 벌이는 일은 간단하면서도 사람과 나무가 함께 이룰 수 있는 생존 전략이다.

궁궐의
우리 나무

    대학교수들은 전공에 관련된 연구와 학생들을 대상으로 가르쳐야 하는 강의 의무가 있다. 하지만 대학교수로 선발될 때는 연구 업적의 질과 양만 따질 뿐, 강의를 얼마나 잘하는지는 기껏 한두 시간의 특강 한번 시켜보는 것이 전부다. 신임 교수 시절에는 학생들 앞에서 어떻게 가르쳐야 할지 당황스러운 경험을 하기 마련이다. 나 역시 눌변에다 평생 교수법을 한 번도 공부한 적이 없으니 강의를 하는 것이 큰 스트레스였다. 대체로 역사, 철학, 문학 등 인문학은 학문 자체가 대중성이 있어서 흥미를 끌 수 있는 내용들이 많다. 반면에 이과는 원리나 현상을 이해해야 하는 학문이라 우선 재미가 없다. 내가 대학에서 가르쳤던 목재조직학이나 수목학도 대표적으로 따분한 과목이다. 평생 처음 듣는 나무 이름이 줄줄이 나오는 것만 봐도 처음부터 머리가 복잡해진다. 이어서 괴상한 형태의 세포 모양과 형형색색의 꽃과 온갖 나뭇잎 설명에 그만 질리고 만다. 디지털 기기가 일반화되면서 컬러 사진을 보여줄 수 있어 한결 나아졌지만 가르침의 내용도 새로운 모색이 필요했다.

나는 나무로 만들어진 문화재의 성질을 밝히는 일에 관여해온 터라, 우리의 문화 속에서 나무를 찾아내어 이야기로 연결시키면 학생들의 관심을 끌 수 있을 것이라는 생각이 퍼뜩 들었다.

《조선왕조실록》을 비롯해 역사서와 학자들의 시문집, 개화기의 문학작품을 뒤지기 시작했다. 다행히 고전 자료들이 CD로 보급되거나 국문 번역이 활발하게 이루어지던 시기라 비교적 수월하게 이런 작업을 할 수 있었다. 결과는 대성공이었다.

예를 들어 배나무를 설명할 때는 태조 이성계가 유별나게 배나무와 관련된 이야깃거리가 많다는 내용을 보태고 앵두나무는 세종대왕이 가장 좋아했던 과일로 설명하면 훨씬 흥미를 끌 수 있다. 또 오리나무 소개에는 김소월의 작품 〈산〉 중에서 '사새도 오리나무 위에서 운다'로 시작하는 구절을 먼저 이야기한다. 한마디로 역사와 고전을 끌고 들어오고 여기에 나무를 끼워 팔기 한 셈이다. 이런 이야기들은 내용뿐만 아니라 현장감이 중요하다.

서울에 출장을 갈 때마다 자투리 시간에 잘 찾아다닌 궁궐이 떠올랐다. 궁궐은 국민의 절반이 사는 수도권의 가운데 자리 잡고 있어서 아무나 쉽게 접근할 수 있다. 개발이 아무리 거세도 항상 그 자리에 있으며, 한곳에 가능한 많은 우리 나무가 모여 있는 곳이니 나무에 얽힌 역사와 문화 이야기를 하기에는 안성맞춤이다.

강의와 연구를 계속하면서 많은 자료들이 쌓였고, 모은 자료는 틈틈이 정리해 홈페이지에 올려놓고 학생들은 물론 일반인들과도 공유했다. 그러던 어느 화창한 가을날 서울에서 출판사를 처음 시작한다는 분이 학교로 찾아왔다. 당시로서는 이름 없는 작은 출판사라 좀 망설여졌지만 그래도 내 이름 석 자가 들어간 책이 나온다는 데 버럭 욕심이 생겼다. 제목은 《궁궐의 우리 나무》로 정하고 책을 내기로 했다.

사실 출간 계약을 하고서도 걱정이 많았다. 요즘 대학생들은 강의 교재로 사용하는 책도 사기를 주저한다. 학생들도 잘 사지 않을 책을 누가 사 볼 것인가? 이런 책 안 썼다고 대학교수 자리에서 쫓겨날 것도 아닌데, 내가 쓸데없는 일을 한 것 같아 책이 나오기 전부터 흐뭇함보다 불안함이 앞섰다.

그러나 뜻밖에도 책은 크게 주목을 받았다. 라디오, TV, 신문, 잡지에 이르기까지 웬만한 매스컴에 앞다투어 책이 소개된 것이다. 내용이 요즈음 세대의 취향에 맞게 가볍고 쉽게 쓰였으며, 편집이 짜임새가 있었다는 의견이 많았다. 궁궐에서 자라는 나무의 위치가 담긴 지도와 다양한 사진들이 궁궐의 나무를 살펴보는 데 도움이 되었다고 한다.

시간이 흐르면서 걱정은 부푼 희망으로 바뀌었다. 매스컴의 위력은 대단했다. 대형 서점과 온라인 서점 교양과학 베스트셀러에 오른 것이다. 매일 베스트셀러 순위를 확인하는 일은 즐거운 일과였다. 잦은 인터뷰에도 짜증내지 않고 오히려 너스레를 떨 수 있을 만큼의 여유도 생겼다.

《궁궐의 우리 나무》는 흔히 말하는 교양과학 도서로 분류한다.

나무가 함께하는 창덕궁 전경 ⓒ문화재청

재미없고 머리 아픈 교양이란 단어에 딱딱한 나무가 대상이다. 그렇지 않아도 바쁘고 복잡한 세상 살아가기에 지친 독자들은 잘 읽으려 하지 않는다. 그렇다. 내 책이 베스트셀러라는 뜻은 교양 도서 중에서는 제법 반응이 좋았다는 뜻이다.

어쨌든 사람들이 친숙하게 느끼는 '궁궐의 나무'와 관련한 책을 쓴 덕분에 나무를 좋아하는 분들에게 나름대로 이름이 알려졌다. 이후 강의와 궁궐 답사 요청이 많아져 서울행 KTX를 타는 일이 부쩍 잦아졌다. 덕분에 한때는 철도청 우수회원이란 영광도 누려 봤다.

최근에는 딱딱한 강의보다 궁궐을 답사하면서 만나는 나무마다 임금님과 관련된 이야기를 들려주는 방식이 선호도가 훨씬 높다. 2012년부터는 경복궁, 창덕궁, 창경궁, 덕수궁의 4대 궁궐의 나무들을 매년 계절별로 나누어 돌아보는 프로그램도 만들었다. 올해는 이에 곁들여서 〈동궐도와 함께하는 창덕궁 나무 답사〉를 시범 운영했다. 다행히 호응이 좋아 내년부터 정규 창덕궁 관람 프로그램에 넣을 계획을 세우고 있다.

《궁궐의 우리 나무》를 낸 지 올해로 14년째에 이른다. 10년이면 강산도 변한다고 하는데 궁궐의 나무들도 죽어버리거나 늙고 병들어 잘려나가거나 옮겨 심는 등 설명 내용이 현장과 잘 맞지 않는 부분이 많아졌다. 정보가 우선인 책은 바뀔 때마다 수정하고 반영하는 것이 중요하다. 매년 조금씩 바뀌는 정보들이 내심 마음에 걸렸는데 작년 가을 전면 개정판을 내어 독자들에게 진 빚을 갚게 됐다. 참으로 다행이다.

5부
나무, 그늘을 만나다

사람을 만나다 보면 쉽게 잊히는 사람과 오랫동안 뇌리에 남아 있는 사람이 있다. 오랫동안 좋은 기억으로 머릿속에서 잊히지 않는 사람과 만나기를 우리는 바라고 살아간다. 감태나무 잎처럼 봄날이 와도 잊어버릴 수 없는 만남을 많이 만들어둔다면 우리의 마음은 더 풍요로울 것 같다.

건강한 '작은 거목'이
가득한 이상향

　대체로 위인전은 초등학생 때 읽는다. 그러나 나라가 가난하던 시절에 어린 날을 보낸 사람들은 교과서 이외의 교양서를 읽을 기회조차 없었다. 세종대왕, 워싱턴, 링컨 등 유명한 정치가에서부터 을지문덕, 강감찬, 이순신 장군과 플루타크 영웅전까지 내가 위인전을 처음 접한 시기는 사춘기를 훌쩍 지나서다. 하지만 세상사가 비판적으로 보이기 시작하는 시기라 순수한 열정과 감명으로 책을 읽을 수만은 없었다. 조금은 건방지고 냉소적인 눈으로 이면에 숨겨진 부정적인 것들을 상상하고 캐내려 했다.

사실 우리가 알고 있는 한 사람의 위인이 탄생하기까지 보이지 않는 수많은 희생이 따를 수밖에 없다. 위대한 정치가라면 권모술수로 반대편을 제압하였을 것이고, 군인이라면 수많은 병사를 죽음의 구렁텅이에 몰아넣었을 것이다. 나는 앞에 보이는 위대함만 부각시킨 위인들의 이야기에 차츰 식상해져 갔고, 감히 영웅은 없다고 마음속으로 외쳤다.

이럴 즈음 피천득 교수님이 번역한 미국의 소설가 나다니엘 호손(Nathaniel Hawthorne, 1804~1864)의 《큰 바위 얼굴》을 읽게 됐다.

미국 남북전쟁 직후, 주인공 어니스트는 계곡의 바위에 새겨진 '큰 바위 얼굴을 닮은 아이가 태어나 훌륭한 인물이 될 것'이라는 전설을 듣는다. 어린 시절, 그는 마음속에 큰 바위 얼굴을 상상하면서 항상 겸손하고 올바르게 살아간다. 성장하면서 부자, 장군, 정치인, 시인 등 유명한 사람을 많이 만났지만 그들은 큰 바위 얼굴처럼 훌륭한 사람으로 보이지 않았다.

어느 날 어니스트의 설교를 듣던 시인은 '당신이 바로 큰 바위 얼굴'이라고 했다. 그러나 어니스트는 동의하지 않았다. 자신보다 더 훌륭한 사람이 큰 바위 얼굴과 같은 용모로 나타나기를 겸손하게 기다릴 뿐이었다.

그렇다! 위인은 이름이 알려진 유명인이 아니라 바로 내 곁의 평범한 소시민 속에 있다고 나름대로의 생각을 굳히게 됐다.

나무 세상에서 찾는 큰 바위 얼굴은 어디에 있을까?

문명의 길에 접어들면서 인류는 삶의 시작도 죽음의 끝맺음도 나무와 함께한다. 북유럽 신화에 나오는 이그드라실(yggdrasil)이라는 물푸레나무는 삼라만상의 중심에 있으면서, 하늘과 지상과 지하를 연결하는 통로였다. 천년을 넘겨 살 수 있는 나무는 삶의 길이에서 우선 인간을 압도한다. 사람이 지상에서의 짧은 삶을 마감하면 땅속으로 들어갔다가 나무줄기를 타고 하늘 세계로 향한다고 생각한 것이다. 이런 나무를 '우주수'라고 하는데, 이것이 바로 나무 세상의 큰 바위 얼굴이다.

우리의 단군신화에도 환웅이 신단수 아래로 내려와 인간을 다스렸다고 전해진다. 신단수는 우리 민족의 우주수이며 하늘에 있는 신과 인간을 영적(靈的)으로 이어주는 연결 축인 동시에 생명을 지탱하는 근원이기도 하다. 구약성서 창세기에는 에덴동산 한가운데에 거대한 '지혜의 나무 (tappuah)'와 '생명의 나무(tree of life)'가 있었다고 한다. 아담과 하와는 선악을 지배하는 지혜의 나무에 달린 열매를 따 먹었다가 원죄를 짓고 인간 세상으로 쫓겨나는 것은 물론 영생을 의미하는 생명의 나무에는 아예 접근도 할 수 없게 됐다. 석가모니가 6년간의 정진 끝에 깨달음을

북유럽 신화에 나오는 '이그드라실'

얻은 보리수는 원래 인도의 전통 종교에서는 지혜의 나무이자 신비스런 우주수였다. 모두 나무 세상의 큰 바위 얼굴들이다.

　나무를 타고 하늘로 올라갈 수 없다는 것을 이미 훤히 알아버린 현대인들에게, 옛사람들이 경외의 대상으로 생각한 우주수의 의미는 순박하던 시절의 환상이고 꿈일 뿐이다. 다양해진 평등 사회에서 세상을 압도할 수 있는 큰 바위 얼굴과 같은 거목(巨木)은 오히려 작은 나무의 자람을 방해하는 훼방꾼이기도 하다.

숲을 인간의 간섭 없이 가만히 두면 '작은 거목'들이 빽빽이 들어서게 된다. 대체로 저희들끼리 서로 공정한 경쟁을 거쳐 모두 같이 거목이 된다. 인간 사회도 마찬가지다. 법이라는 규칙을 바탕으로 각 분야마다 작은 거목이 곳곳에서 자라게 될 때 인간의 숲도 비로소 건강해진다. 그러나 경쟁의 기본 원칙을 지키지 않는 세상에서는, 속이 모두 썩어버리고 겉만 번지르르한 거목들이 마치 우주수처럼 행세하는 것이다.

이제는 호손이 말하는 큰 바위 얼굴과 같은 거목 우주수 한두 그루가 필요한 세상이 아니다. 건강한 '작은 거목'들이 인간 사회의 숲을 이룰 때 우리가 바라는 진정한 의미의 이상향이 찾아올 것이다.

곧바르게 서기를 잊어버린 '눈' 나무들

우리는 나무를 연상할 때, 아름드리 굵기에 우람한 덩치를 떠올린다. 그러나 모든 나무가 다 그런 것은 아니다. 나무 나라에서도 좋은 혈통을 물려받아 다른 나무들을 아래로 내려다보는 지배 계층이 있는가 하면, 아무리 자라도 땅딸보를 못 면하는 나무, 평생 땅바닥을 기어 다니는 나무, 다른 나무를 감아 올라가는 덩굴나무들까지 자람의 형태는 천차만별이다. 곧바르게 아름드리로 자라는 명문가의 나무들은, 자라기 좋은 장소를 선택하여 자자손손 자리를 물려가면서 끼리끼리 잘 살아간다. 무리를 지어 다른 나무가 들어오지 못하게 하거나 심지어 독성 물질을 분비하여 자기들 이외는 살아갈 수도 없게 만들어버리는 양체도 있다.

이 땅에 자라는 천여 종의 나무 중 이렇게 좋은 혈통을 물려받아 행복하게 살아가는 나무들은 생각보다 많지 않다. 주변에서 흔히 만날 수 있고 이름이 잘 알려진 소나무, 전나무, 은행나무, 느티나무 등 몇몇이며 좀 많이 잡으면 2~3퍼센트, 적게는 1퍼센트 남짓이다. 우리가 흔히 말하는 인간 사회의 상위 1퍼센트와 비슷한 셈이다. 그러나 아무리 좋은 가문의 유전형질을 갖고 태어나더라도 자리를 한번 잘못 잡으면 평생이 고생스럽다. 사람처럼 장소가 마음에 들지 않을 때, 이사를 가버릴 수 있는 자유가 없으니 여생이 괴로울 수밖에 없다.

설악산, 점봉산, 함백산 등 중북부의 높은 산꼭대기에는 이름에 '눈'이란 접두사가 붙은 나무들이 자란다. 눈향나무, 눈잣나무, 눈주목, 눈측백 등이다. 줄기가 곧바로 서 있는 것이 아니라 이름 그대로 나지막하게 옆으로 거의 땅에 붙어 자란다. 이들은 처음부터 이렇게 누워 자라는 나무들이 아니다. 각각 향나무, 잣나무, 주목, 측백나무라는 곧게 자라는 명문가의 자손들이었다. 그러나 어느 날 날아온 새들이 익어가는 열매를 따 먹으면서 팔자가 꼬이기 시작한다. 먹고 그 자리에서 소화시켜 내보내줬더라면 문제가 없을 터인데 하필이면 높은 산꼭대기로 날아가 '실례'를 한 것이다. 새들에게 먹히는 나무 열매의 설계는 아주 치밀하다. 열매 살만 소화시키고 씨앗은 대변의 풍부한 영양분에 섞인다. 새로운 세상을 만나라는 주문이다. 대부분 환경이 비슷한 자람 터로 날아다니므로 예상한 자손 번식 방식대로 이루어진다. 그러나 엉뚱한 곳으로 이렇게 강제 이주를 당하면 삶이 고달파진다. 그들로서야 선조의 모습대로 싹을 틔우면서 곧게 자라려고 한다. 산꼭대기에 항상 불어대는 억센 바람은 명문가의 씨라고 봐주는 법이 없다. 일어설 틈을 주지 않고 바람 방향을 따라 한쪽 방향으로 계속 쓰러트린다. 산꼭대기에 바람만 있다고 생각하면 오산이다. 겨울날에는 살을 에는 추위가 기다리고 있다. 삶을 영위하는 데 필요한 최소한의 세포 만들기밖에 허락하지 않는다. 처음 그들이 터를 잡았을 때는 선조들에게 부끄럽지 않은 곧고 늠름한 아름드리나무로 자라려고 시도하였을 것이다. 몇 대를 거치면서 이런 일들이 부질

털진달래와 경쟁이 힘겨운 설악산 중청봉 눈잣나무 ⓒ국립수목원 허태임 연구원

없음을 알아차리게 된다. 생사의 기로에 서면서 환경에 적응해야 살아남을 수 있음을 뼈저리게 체험한다. 바람과 추위를 피하면서 살아남기 위해서는 몸을 낮추고 몸체를 아예 옆으로 눕혀버리는 것이 효과적임을 비로소 알아챈다. 선조들의 이름값을 해야 한다는 체면은 던져두고 오직 살아야만 하는 절박한 현실에 봉착한 것이다. 어차피 산꼭대기에는 아무리 명문대가의 자손이라도 우아한 자태를 뽐내는 일은 가능하지 않다. 선조들의 영예는 뒤로하고

살아남아야 하니 옆으로 누워버리는 것이다.

'세월에 장사 없다'는 말처럼 오랜 기간 누워 살기를 계속하다 보니 선조들의 곧게 자라는 유전형질을 어느덧 잊어버렸다. 그래서 바람도 추위도 없고 비료까지 주면서 극진히 보살피는 정원에다 옮겨 심어놓아도 영영 일어날 생각을 않는다. 아예 곧게 일어나는 일은 잊어버렸다고 해야 맞을 것 같다. 공원이나 학교 같은 넓은 정원에 흔히 심는 눈향나무, 눈주목들은 새들에 의하여 높은 산꼭대기로 잡혀갔다가 최근에 다시 사람들의 손으로 잡혀 내려온 나무들이다. 이들을 바라보고 있던 식물분류학자들은 원래의 선조나무에서 아예 족보를 떼어내어 별도의 가계를 새로 만들어주었다. 곧 바른 어미 나무의 모습으로 되돌아갈 가능성이 없고 누운 모습이 이제 거의 고정되어버린 눈잣나무와 눈측백나무는 어미와 다른 별개의 종으로 취급하여 독립 학명을 붙였다. 반면에 눈향나무와 눈주목은 유전형질이 완전히 고정됐다고 보기는 어려워 어미 가계와 조금 다르다는 뜻으로 변종으로 분류한다.

현대인들은 여러 가지 이유로 주변 환경에 적응하면서 타성(惰性)이라는 덫에 걸려 살아간다. 누운 나무들처럼 영원히 누운 채로 굳어버리지 않도록 때때로 우리의 삶을 되돌아보는 계기를 만들어가야 할 것 같다.

고로쇠나무
거제수나무
소태나무

나무로부터 경험한
인생의 세 가지 맛

캠퍼스의 3월은 새내기가 들어오면서 아연 활기를 띤다. 이제
갓 움트는 나무들의 새싹처럼 푸르고 싱그럽다. 내가 담당하는, 나
무를 공부하는 수목학 과목은 학생들이 잘 들으려 하지 않는다.
실내 수업은 그대로 하면서 매주 토요일마다 실습이란 명목으로
큰 산 작은 산을 오르락내리락하니 인기가 있을 리 없다. 그래서
수목학 수업은 1학년 1학기에 배치한다. 수강신청 과정을 거쳐 들

고 싶은 과목을 선택할 수 있는 대학 문화를 잘 모르는 신입생을 대상으로 해야 폐강을 면할 수 있다. 선배들이 한 학기 동안 토요일은 하루 종일 실습을 가야 한다고 먼저 알려줘버리면 아무도 수강하지 않아서다. 실습 장소는 시내버스를 타고 갈 수 있는 근교의 나지막한 산부터 관광버스를 빌려야 갈 수 있는 가야산, 소백산, 지리산 등의 제법 알려진 명산까지 다양하다.

실습 계획을 세울 때 내가 고려하는 건 나무의 단맛과 쌉쌀한 맛, 그리고 쓴맛의 세 가지 맛을 모두 체험할 수 있게 하는 것이다. 식물 종류를 공부할 때는 눈으로 잎이나 꽃을 보고 판단하는 육안 관찰이 기본이지만 맛을 보는 것도 보조 수단으로 중요하기 때문이다. 아울러 세 가지 맛을 보여주려는 것은 학생들이 앞으로 인생을 살아가는 동안 이 경험을 반면교사로 삼게 하고 싶어서다. 달콤할 때는 대체로 잠깐이지만 달지도 쓰지도 않은 쌉쌀한 맛의 시간을 거쳐 이래저래 쓴맛을 볼 때가 인생에서 더 길고 더 많다. 대학 생활에서도 일찌감치 세상살이의 전형을 잠시 경험해보기를 바라는 것이 나의 소박한 희망사항이다.

첫 실습을 나가는 3월이면 등산로 입구 곳곳에는 '고로쇠 물'을 파는 좌판 장사들이 진을 친다. 우선 2리터짜리 플라스틱 병 두세 개만 사면 삼십 명 남짓한 수강생들이 조금씩 맛볼 수 있다. 약간 달큼하므로 먹기에 부담스럽지 않다. 캐나다로 배낭여행을 다녀온 녀석들은 빵에 찍어 먹는 메이플시럽 이야기를 무용담으로 늘어놓는다. 캐나다 국기에 새겨진 설탕단풍나무의 수액을 고로쇠나무처럼 채취하여 졸이면 설탕처럼 농도가 진해져 메이플시럽이 된다.

고로쇠나무는 우리나라 산 어디에서나 흔히 만날 수 있는 갈잎나무로 아름드리로 자란다. 잎이 물갈퀴가 달린 개구리의 발처럼 갈라져 있으며, 5월에 연한 황록색으로 꽃을 피운다. 열매는 마치 프로펠러를 닮은 날개가 서로 마주보며 달린다. 잎이나 열매 모양으로 보아 단박에 단풍나무와 같은 집안임을 알 수 있다. 수액은 이른 봄 고로쇠나무 줄기에 구멍을 뚫어 플라스틱 파이프를 꽂아 얻는다. 여기에는 단맛을 내는 자당, 과당, 포도당을 비롯하여 무기 성분으로 칼슘과 마그네슘을 비롯한 미네랄이 들어 있어서 건강식품으로 널리 알려져 있다.

달큼한 고로쇠 물로 산뜻하게 출발한 현장 수업은 4월 중하순

고로쇠나무 수액 채취 모습

의 곡우 무렵에는 해인사가 있는 가야산으로 산행 일정을 잡는다. 이 일대에는 곡우물이라는 이름의 또 다른 수액이 기다린다. 거제 수나무, 사스래나무, 물박달나무 등 자작나무 무리에서 나온 물을 곡우 전후에 뽑아 마신다. 가야산에는 거제수나무가 많으므로, 사 투리 거자나무의 이름을 따 속칭 '거자 물'이라고도 한다. 사포닌 성분이 더 들어 있어서 약간 씁쌀한 맛을 풍긴다.

다음은 아예 소태나무의 쓴맛을 보여야 할 차례다. 소태나무는 지독한 쓴맛을 가지고 있다고 널리 알려져 있다. 쓴맛 성분은 잎, 나무껍질, 줄기, 뿌리 등 소태나무의 각 부분에 골고루 들어 있으나 줄기나 가지의 안 껍질에 가장 많다. 건위제, 소화불량, 위염 및 식욕부진 등 주로 위장을 다스리는 민간약으로 이용되기도 한다. 소태나무는 우리 주변에도 비교적 흔한 나무로서 소태골, 소태리 등의 지명이 들어간 지역은 소태나무가 많이 자랐던 곳이다. 우리나라 어디에서나 잘 자라지만 한때 껍질을 벗겨 섬유로도 사용했기 때문에 주위에 큰 나무를 보기가 어렵다.

학생들에게 소태나무만은 그냥 이름을 알려주지 않는다. 내가 처음 나무 공부를 할 때 은사 이창복 교수님한테 배운 방법을 그대로 쓴다. 가장 쓴맛이 세다는 안 껍질을 벗겨내기는 어려우므로, 5월 중순쯤 잎이 피어나 완전히 펼쳐지기 직전의 약간 어린잎일 때를 소태나무 만나는 날로 잡는다. 아까시나무 잎처럼 마주보기로 나란히 붙어 있는 잎을 하나씩 떼어서 나누어주고 어금니로 꼭꼭 씹어보라고 한다. 고로쇠 물과 거자 물맛으로 신뢰를 얻은 터지만 이번만은 선생을 향한 믿음에 조금 흠이 가더라도 학생들의 허를 찌르기로 했다. 눈치 빠른 학생들은 뭔가 낌새가 이상하다고 앞니로 조금씩 깨문다. 아직은 세상사에 때가 묻지 않은 순진한

소태나무 잎

대학 신입생들이라 대부분은 그대로 따른다. '에 퉤퉤!' 하고 온통 난리가 날 때쯤 비로소 '이게 바로 소태나무다'라고 일러준다. 물로 헹궈도 한 시간 넘게 입속에 쓴맛이 그대로 남아 있을 만큼 지독하다. 쓴맛의 근원은 콰신(quassin)이라는 물질이다. 콰신은 위장을 튼튼히 하는 약제, 살충제, 염료로도 사용하였으며 맥주의 쓴맛을 내는 호프 대용으로 쓰이기도 하니 결코 나쁜 성분이 들어 있는 것은 아니다. 그래서 한번 소태나무의 지독한 쓴맛을 보게 되면 결코 잊어버릴 수 없는 기억으로 남는다.

소태 잎 씹은 날에는 산을 내려오면 큰 고목나무 밑에 학생들을 모아두고 설익은 나의 인생철학 강의를 잠깐 한다. 긴긴 인생을 살아가면서 아무리 천하 운수대통을 타고났다 하더라도 소태 맛을 볼 때가 한두 번은 꼭 있다는 것이 요점이다. 젊은 날 쓰디쓴 맛을 먼저 봐야 단맛을 더 진하게 느낄 수 있다고 강조한다.

봄날에도 단풍을 가진
이상한 나무

노무현 대통령의 일주기 즈음인 2010년 봄, 봉하재단에서 연락이 왔다. 대통령께서 귀향 후 자주 거닐었던 봉하마을 앞의 봉화산 산길을 따라 '대통령의 길'이라는 등산로를 만들었는데 주변에서 만나는 나무와 얽힌 이야기를 써달라는 부탁이었다.

관계자의 이야기를 듣고 몇 번에 걸쳐 생전에 노 대통령이 걸었던 길을 답사하면서 많은 생각이 스쳐지나갔다. 코스 중에 마을 앞 넓은 들판이 훤히 내려다보이는 곳에 사자바위가 있다. 동시에 여기서는 대통령의 사저 안마당도 훤히 들여다보인다. 당시 매스컴마다 사진 기자들이 고성능 망원렌즈를 설치해두고 대통령 가족의 움직임을 실시간으로 감시하던 곳이기도 하다. 얼마나 시달렸으면 극단적인 선택을 했을까? 정치적인 호불호를 떠나 인간적인 고뇌를 조금은 이해할 것도 같다.

바위에 걸터앉아 앞이 확 트인 넓은 들판과 작년의 단풍잎 하나 달고 있지 않은 빈 나뭇가지를 무심히 바라본다. 눈을 감으니 스물일곱의 한창 나이에 요절한 가수 차중락의 〈낙엽 따라 가버린 사랑〉이 떠올랐다. 매력적인 중저음의 애절한 목소리로 부르는 그의 노래는 지금도 우리들의 심금을 울린다.

'찬바람이 싸늘하게 얼굴을 스치면 따스하던 너의 두 뺨이 몹시도 그리웁구나/ 푸르던 잎 단풍으로 곱게곱게 물들어 그 잎새에 사랑의 꿈, 고이 간직하렸더니/ 아~그 옛날이 너무도 그리워라 낙엽이 지면 꿈도 따라가는 줄 왜 몰랐던가/ 사랑하는 이 마음을 어찌하오 어찌하오/ 너와 나의 사랑의 꿈, 낙엽 따라 가버렸으니……'

경남 김해 봉하마을 전경

　그렇다. 노래 가사처럼 노 대통령은 찬바람이 나뭇가지에 겨

우 붙어 있던 단풍잎 하나까지 훑어갈 때 미련 없이 훌쩍 떠나버

렸다. 낙엽은 아무리 곱게 물들어도 어미 나무는 물 한 방울, 양분 한 톨 나눠주지 않는다. 이렇게 어미와 떨어져서 제 갈 길을 가버 려야 하는 것이 자연의 이치다. 임기가 끝나고 어떤 전임자도 하 지 않았던 귀향을 택한 그를 낙엽과 대비시키는 것은 너무 감상적 인지 모르겠다. 아직도 수많은 참배객이 찾아오는 것을 보면 낙엽 보내듯 그를 영원히 떠나보내지 못한 사람도 많은 것 같다.

내려오는 길에 설치된 목재 데크(deck) 옆에는 감태나무가 눈 에 띈다. 지난가을의 황갈색 단풍잎을 떨어뜨리지 못하고 그대로 달고 있다. 보통의 갈잎나무 나뭇잎은 스산한 초겨울 바람에 맥없 이 떨어져버리지만 무슨 미련이 그렇게 많은지 감태나무 단풍은 대부분 그대로 나뭇가지에 붙어 있다. 겨울을 지나면서 단풍의 색 깔은 조금 옅어지기는 해도 나무에 달린 채로 다음 해 새싹이 나 올 때나 되어야 비로소 땅에 떨어진다. 이렇게 단풍을 오래 달고 있는 이유는 감태나무가 녹나무과라는 아열대에 주로 자라는 늘 푸른잎나무 집안인 탓이다. 비목, 생강나무 등 형제들과 함께 북으 로 생활 영역을 조금 넓히면서 유독 감태나무는 늘푸른잎나무라 는 조상의 유전자대로 잎자루와 가지 사이에 '떨켜(낙엽이 질 무렵 잎자루와 가지가 붙은 곳에 생기는 특수한 세포층)'가 잘 생기지 않는 데서 원인을 찾기도 한다. 참나무 종류도 봄까지 단풍을 달고 있다고 알려져 있다. 그러나 참나무는 일부 잎만 달고 있거나, 개체에 따라서는 일찌감치 잎이 모두 떨어져버리는 경우도 많다. 하지만 감태나무는 예외 없이 가을에 만들어진 단풍잎을 거의 그대로 달고 있다. 이를 두고 사람들은 모성애가 강한 나무라는 이야기를 만들어내기도 한다. 상술이 뛰어난 일부 일본인들은 입시철에 감태나무 표본을 만들어 팔기도 한다. 감태나무 단풍잎이 겨울의 찬바람을 견디 듯 문제를 잘 풀어 떨어지지 말고 꼭 합격하란 의미란다.

노 대통령을 나무로 형상화한다면 가을 낙엽처럼 훌쩍 떠나버리는 보통의 단풍이 아니라 봄날에도 만나는 감태나무 단풍과 비유하고 싶다. 결국 이루지는 못했지만 그가 추구한 이상향은 묵은 것을 털어내고 모두가 잘사는 새로운 세상일 터이다. 그는 생명이 다한 보통의 단풍잎처럼 훌쩍 떠나지 못하고, 새싹이 나오는 그날까지 감태나무 잎이 되어 기다리고 있는지도 모른다.

감태나무는 중부 이남의 양지바른 산기슭에서 흔히 만날 수 있는 키 5~6미터 정도 자라는 작은 갈잎나무다. 잎이나 어린 가지를

낙엽진 다른 나무와 달리 홀로 단풍을 달고 있는 감태나무(상)
감태나무 잎과 열매(하)

찢으면 향기가 난다. 진하지는 않지만 냄새가 바다에서 나는 감태 냄새와 닮았다. 감태나무라는 이름 유래는 해초 감태에서 온 것으로 짐작한다. 봄날 먹을거리가 모자라면 감태나무 새잎을 따다가 말린 다음 가루를 만들어 밥이나 떡에 섞어서 양을 늘려 먹기도 했다고 한다. 제주도 등 일부 지방에서는 감태나무의 다른 이름이 백동백나무다. 아마 잎이 얼핏 보아 동백나무를 닮았고, 색이 바래 겨울을 나고, 껍질이 회갈색인 점 때문에 이렇게 부르지 않았나 싶다. 암수 다른 나무이며 꽃은 4월 중순경 연한 황록색의 자잘한 꽃이 핀 자리에 가을이면 콩알 굵기의 새까만 열매가 달린다. 윤기가 자르르하여 마치 흑진주를 연상할 만큼 예쁘다. 봄까지 남아 있는 독특한 단풍 특성을 살려 흔히 조경수로 심는다.

사람을 만나다 보면 쉽게 잊히는 사람과 오랫동안 뇌리에 남아 있는 사람이 있다. 오랫동안 좋은 기억으로 머릿속에서 잊히지 않는 사람과 만나기를 우리는 바라고 살아간다. 감태나무 잎처럼 봄날이 와도 잊어버릴 수 없는 만남을 많이 만들어둔다면 우리의 마음은 더 풍요로울 것 같다.

나무 세계의
'떼거리 문화'

잿빛 나뭇가지에서 봄 햇살의 따스함을 가장 먼저 알아채는 부분이 겨울눈이다. 이 속에는 봄이 왔음을 감지하는 옥신(auxin)이라는 온도 센서가 들어 있어서 나무들의 겨울잠을 일깨워준다. 이제부터 가지를 늘리고 잎과 꽃을 피우는 한 해 삶을 시작해야 한다. 벚나무처럼 자손 퍼뜨릴 일이 더 중요하다고 꽃부터 먼저 피우는 나무들도 있지만 대부분의 나무들은 잎을 피우면서 빨리 자라 광합성 공간을 확보하는 일에 집중한다. 자칫 어물대다가 주위의 다른 나무들에게 뻗어나갈 자리를 빼앗기면 아무리 거금을 주어도 다시 되찾을 수는 없다. 가지는 높게 뻗고 잎은 넓게 펼쳐서 해님과의 눈맞춤 시간을 가능한 오랫동안 가질 수 있어야 경쟁에서 살아남는다.

나무가 모여 터전을 마련한 곳이 숲이다. 아래로는 풀이 자라고 위로는 나무 종류마다 키 순서대로 적당히 경쟁하면서 삶의 공간을 확보한다. 햇빛을 많이 받기 위한 설계 방식은 나무마다 다르다. 그들의 한결같은 목표는 햇빛과 어떻게 더 많이 만날 것인가이다. 대체로 작은 나무들은 위쪽 큰 나무들의 보호를 받으면서 바람에 흔들릴 때 잠깐씩 들어오는 햇빛으로도 살아간다. 물려받은 유전형질에 따라 환경에 순응하여 오손도손 숲이란 안정된 사회를 만든다.

그러나 모든 나무들이 이런 자연의 규칙에 충실한 것은 아니다. 소나무, 전나무 등 대부분의 바늘잎나무는 순수 혈통을 고수하면서 자기들끼리만 한곳에 모여 살기를 고집한다. 넓은잎나무를 아예 발도 못 붙이게 하고 수천수만 그루의 형제들끼리 별천지를 이

룬다. 자기들이 만들어놓은 순수 혈통 숲 속에 잡스런 다른 나무들이 들어오는 것을 원천 봉쇄하는 것이다. 가지를 곧고 서로 맞닿게 뻗어, 아래에 짙은 그늘을 만들어버린다. 아무리 햇빛 요구도가 적은 나무라도 버틸 수 없게 만드는 것이다. 한술 더 떠서 자기들에게는 해가 없고 다른 나무의 자람을 억제하는 독성 물질까지 바닥에 깔아 다른 씨앗이 싹이 틀 수 없도록 아예 원천 봉쇄하는, 지독히 이기적인 녀석들도 있다. 이런 삶의 방식은 필연적으로 숲 속 나무의 다양성 부족을 가져오기 마련이다. 재해가 닥칠 때는 한꺼번에 고스란히 당할 수도 있다. 최근 소나무 에이즈라는 재선충의 감염으로 소나무가 병들어가는 사실이 좋은 예이다.

이처럼 바늘잎나무는 이기적인 '떼거리 문화'로 나무 나라에서 성공한 삶을 살 수 있었을까?

대답은 '아니다'이다. 예를 들어 활발한 경쟁으로 다양한 숲을 만드는 열대 지방에서는 바늘잎나무는 아예 발도 붙이지 못한다. 결국 상대적으로 자람 조건이 열악한 온대와 한대 지방으로 밀려나버렸다. 한마디로 다양성을 무시한 순수 혈통주의가 경쟁력을 약화시킨 것이다. 이런 일들은 나무 세계만의 이야기는 아니다. 이

익집단 간의 갈등 구조로 고민하는 우
리들의 삶에서도 충분히 타산지석으로
삼을 만하다.

그러나 참나무나 느티나무와 같은
넓은잎나무는 삶이 훨씬 진취적이다.
다른 나무들이 같이 살자고 안마당까지
쫓아 들어와도 그렇게 박절하게 굴지
않는다. 서로 갖지 못한 것을 주고받으
면서 선의의 경쟁을 해보자는 너그러움
이 있어서다. 그래서 넓은잎나무가 모
인 숲을 들여다보면 여러 높이의 나무
층이 있다. 높다란 맨 위에 자라는 큰
나무, 바로 아래의 틈새 공간을 이용하
는 중간 키 나무, 처음부터 키다리 경쟁
에는 뛰어들지 않고 다른 나무의 무릎
에서 맴도는 작은 나무들, 아예 바닥에
붙어사는 풀들이 각각 층을 이루고 살
아간다. 이들은 같은 층 내에서만 경쟁

강원 평창 월정사 전나무 숲

할 뿐 다른 층의 경쟁에 분별없이 뛰어들지 않는다는 신사협정을 맺고 있다. 서로 처절한 경쟁자임과 동시에 같이 살아야 하는 동지이기 때문이다.

그러나 같은 층에 있는 나무들을 인위적으로 따로 떼어놓으면 사정은 달라진다. 느티나무를 예로 들어보자. 원래 이 나무는 숲 속에서 다른 나무들과 경쟁할 때는 곧게 자라고 키도 훌쩍 커진다. 다른 나무보다 먼저 광합성 공간 확보가 급선무이니 어물거릴 틈이 없다. 그러나 시골 마을의 동구 밖 느티나무처럼 주위에 경쟁자 없이 혼자 자란 느티나무는 옆으로 가지만 잔뜩 뻗친다. 햇빛 경쟁에 힘겹게 뛰어들 필요가 없다는 것을 알아차린 것이다. 사방으로 멋대로 가지를 뻗어도 이웃이 없으니 누가 시비 걸지 않는다. 이런 나무는 사실 쉼터를 제공하고 경관을 아름답게 할지라도, 나무 주변을 모두 풍요롭게 해주지는 못한다. 넓은잎나무 숲 속에서처럼 자율 규제를 갖춘 선의의 경쟁이 있을 때, 개개의 나무는 건강해지고 나아가서 숲 전체도 건강해진다. 나무도 사람의 사회와 별반 다르지 않다.

도시 나무들의
생존 방식

도시에서 만나는 나무들은 자기의 의사와는 상관없이, 원래 자라던 농장이나 숲 속에서 옮겨온 나무들이다. 어미 나무의 설계에 따라 새에게 열매를 먹혔거나 바람에 씨앗이 날아와 자라는 자연의 선택이 아니다.

이처럼 도시의 가로수에서부터 공원이나 학교의 나무들까지 지금의 자리를 지키게 된 사연은 갖가지다. 이들은 공통적으로 자람 터가 좁고 땅이 척박하며 삶이 그리 편편하지 않다. 이런 일 저런 일로 항상 스트레스를 받고 도시 나무들이 어떻게 대응하며 살아가는지 사연을 들여다본다.

우선 주엽나무의 적극적인 대응 방식이 가장 흥미롭다. 주엽나무는 아까시나무와 잎사귀가 흡사하지만 잎자루에 나란히 서로 마주보기로 붙은 잎이 짝수인 것이 특징이다. 주엽나무는 굵은 줄기에 험상궂게 생긴 가시가 더덕더덕 붙어 있는 개체와 회갈색의 매끈한 껍질만 갖고 있는 얌전한 개체로 나뉜다. 숲에서 만나는 대부분의 주엽나무 줄기는 매끈한 껍질을 갖는다. 그러나 도시의 주엽나무 줄기는 흔히 가시가 나 있는 경우가 많다.

특히 대학 캠퍼스의 주엽나무는 거의가 '가시 주엽나무'다. 한창 나이의 젊은이들은 언제나 힘이 남아돈다. 버티고 서 있는 나무가 괜히 마땅치 않아 걸핏하면 발길질을 해댄다. 여자 친구한테 딱지라도 맞는 날이면, 껍질이 매끄러워서 만만해 보이는 주엽나무가 그들의 화풀이 희생양이 된다.

'굼벵이도 밟으면 꿈틀한다'는 말처럼 잘못도 없이 매 맞으면 반격할 궁리를 하는 것이 나무가 살아 있다는 증거다. 운명이려니

주엽나무 가시

하고 받아들이는 다른 나무와는 달리 주엽나무는 매우 효과적인 대책을 세운다. 줄기의 일부가 변하여 사슴뿔처럼 생긴 무시무시한 가시를 만들어내는 것이다. 우리나라의 나무 가시 중에서 가장 험상궂다. 연필 굵기에 길이 20~30센티미터를 훌쩍 넘기는 경우도 많다. 뿐만 아니라 가시에서 또 가시가 두세 번씩 가지치기를 한다. 말 그대로 악마의 가시다. 행동으로 '이 녀석아! 이래도 또 발길질할래?'라고 표현하는 것 같다. 가시 주엽나무의 이런 전략은 성공적이다. 가시를 쳐다보는 것만으로도 다시는 발길질해볼 엄두도 못 낸다. 옛사람들은 이 가시를 아주 귀하게 여겼다. 모양이 독특할 뿐 아니라 모든 주엽나무에 반드시 생기는 것도 아니어서 희귀성이 있기 때문이다. 다른 이름으로 '조각자' 혹은 '조협자'라고 부르기도 하는데, 《동의보감》에 '부스럼을 터지게 하고 이미 터진 때에는 약 기운이 스며들게 한다. 모든 악성 종기를 낫게 하고 문둥병에도 좋은 약이 된다'고 나와 있다.

상처를 치유하느라 줄기에다 볼록볼록한 혹(tumor)을 만들어내는 플라타너스의 대응 방식도 눈에 띈다. 이런 혹을 달고 있는 나무는 흔치 않지만, 플라타너스에서 쉽게 만날 수 있다. 사람들은 우리 주변에 가로수로 많이 심긴 플라타너스 가로수를 오며가며 만져대고 전단지 부착판으로도 사용한다. 여기저기에 크고 작은 상처가 생기기 때문에 살아남을 대책을 마련할 수밖에 없다. 상처를 치유하고 보호하기 위하여 그 자리를 덮어씌울 새로운 조직을 만들어낸다. 새 조직은 암처럼 계속 자라는 것이 아니라 잠시 자라고 멈춰버리면서 마치 발바닥의 굳은살 같은 혹이 된다. 플라타너스는 나무껍질이 큰 조각으로 벗겨지며 두께가 얇은 것도 혹이 잘 생기는 이유다. 사람들의 통행이 잦은 곳에 우두커니 서 있는 플라타너스 가로수를 쳐다보면 '상처뿐인 영광'의 혹들을 여기저기 달고 있다. 시달림이 다른 곳보다 더 많았음을 말해주는 증거다.

겉으로 보기에는 멀쩡하나 속 골병이 드는 나무도 있다. 오래전 전문 서적《목재조직과 식별》출간을 준비할 때다. 당시 히말라야시더에만 있는 특별만 모양새의 '상해수평수지구'라는 세포조직 사진을 구하느라 고심하고 있었다. 원서에 'very rarely(매우 드물게)'라고 적혀 있을 만큼 잘 볼 수 없는 희귀한 조직이다. 비교적 두꺼운 껍질을 가진 히말라야시다는 겉으로 보아서는 멀쩡하다. 그래도 혹시나 하고 통행량 많은 대학 캠퍼스의 히말라야시다를 생장추라는 기구로 나무속에서 작은 고갱이를 뽑아냈다. 현미경으로 들여다보니 그 드물다는 '상해수평수지구'가 곳곳에 있다. 밖으로 나타나지 않았을 뿐 속 골병이 든 것이다.

이렇게 도시에 사는 나무들은 여러 가지 이유로 괴롭힘을 당하고 심한 스트레스에 시달린다. 도시 사람들의 가까운 식구로서 오랜 세월을 우리와 같이 살아갈 수 있게 하려면 남다른 애정이 필요하다. 애정의 표현은 그렇게 어렵지 않다. 그들은 가만히 나에게 귓속말을 한다.

'제발 흔들지 말고 전단지 붙인다고 압핀으로 찌르지 마세요. 예쁘다고 날 만져주는 것도 싫어요.'

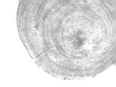

물을 좋아하는
하천 변의 터줏대감

강을 따라 하구로 내려가면 폭이 넓어지면서 몇 갈래로 갈라지고 물이 흐르지 않는 나머지는 그냥 빈 땅으로 남아 있다. 물이 불어날 때만 물에 잠기는 이런 곳을 '개'라고 부른다. 개에도 어김없이 자리를 차지하는 자그마한 나무는 갯버들이다. '개의 버들'이란 뜻을 가진 갯버들은 평지의 큰 강에서 산속의 실개천까지, 우리나라 어디라도 물이 흐르는 곳이면 터를 잡는 나무다.

갯버들은 봄의 전령으로서 우리에게도 친숙한 나무다. 먼 산에 아지랑이가 가물거리고 얼음장 밑으로 졸졸졸 시냇물 소리가 조금씩 커지기 시작하면, 갯버들은 벌써 깨어나 꽃을 피운다. 보송보송 귀여운 털 꽁지 같은 꽃을 조랑조랑 매단다. 버들강아지 혹은 버들개지라 부르는 것은 갯버들의 꽃 뭉치를 두고 이르는 말이다.

갯버들은 우리 역사에 일찌감치 등장한다. 지금부터 이천여 년 전, 동부여의 금와왕은 어느 날 태백산 남쪽 우발수로 산책을 나갔다가 집에서 쫓겨난 한 여인을 만난다. 물의 신 하백의 딸 유화였다. 물을 다스리는 신이니 당연히 하백의 집은 물가일 수밖에 없다. 유화는 어린 시절부터 안마당인 하천 변에서 놀기를 좋아했다. 그곳에는 수많은 버들이 태곳적부터 자라고 있었다. 소박하고 담백하면서 그렇다고 결코 밋밋하지도 않은 버들 꽃을 볼 때마다 아버지 하백의 눈에는 귀여운 딸과 잘 어울리는 한 폭의 그림이었다. 유난히 물가의 버들 사이에서 놀기를 좋아하는 맏딸에게 버들 꽃, 즉 유화(柳花)란 이름을 붙여준다. 유화의 놀이터에 자라던 버들은 정확히 무슨 버들이었을까? 정황이나 자람 특성으로 보아 수많은 버들 종류 중에 갯버들이었을 것이라고 믿어 의심치 않는다.

크고 작은 하천의 갯가에 자람 터를 잡는 갯버들

갯버들은 몸체가 물속에 잠기어도 숨 막히지 않고 살아가는 비법을 선조로부터 전수 받았다. 아예 물속에서도 뿌리가 썩지 않고 녹아 있는 산소까지 흡수하면서 생명을 이어간다. 평생을 자라도 사람 키를 넘기기가 어려운 난쟁이 나무다. 하지만 키다리 나무를 부러워하지 않는다. 개울을 지켜주는 수호천사로서 그녀만이 할 수 있은 역할이 있어서다. 부챗살처럼 수많은 가지를 뻗어 커다란 포기를 만든다.

갯버들은 강의 하구에 펼쳐지는 넓은 강 둔덕뿐만 아니라 상류로 올라온 실개천까지 물이 있는 곳이라면 어디라도 자란다. 여름철에 비가 흠씬 내려 갑자기 큰물이 지면 부챗살 가지 사이로 물이 빠져나가면서 물 흐름 속도를 줄여주는 기능을 한다. 갯버들은 주위에 풍부한 물이 있음에도 뿌리 뻗는 것을 게을리하지 않는다. 뿌리가 비교적 깊이 들어가고 널리 퍼지는 특성을 가진 갯버들은 또 다른 중요한 역할을 한다. 장마철 계속되는 물살에 뿌리의 흙이 씻겨 내려가버리면, 실지렁이 모양의 잔뿌리가 허옇게 드러난다. 마치 '체' 같아서 물에 떠내려오던 숲 속의 온갖 잡동사니가 모두 걸려든다. 천연 수질 정화 장치가 만들어지는 것이다. 이렇게 갯버들은 비록 작은 덩치지만 자연스럽게 하천을 다스리고 사람들의 삶을 더욱 풍요롭게 해주는 고마운 나무다. 그래도 사람과 자연은 이해관계가 충돌할 때가 많다. 갯가의 넓은 터를 갯버들에게 너무 많이 줘버리면 먹고살 농경지가 좁아진다. 어쩔 수 없이 갯버들의 영역을 빼앗아야 한다.

　둑을 쌓아 물의 흐름을 바꾸고 경지를 넓히는 일이다. 자연을 거스르면 언젠가는 재앙이 찾아오기 마련이기에 대책이 필요하다. 일부러 둑의 주위에 나무를 심어 대비하는 일이다. 이런 나무들을 통틀어 하천의 가장자리를 보호해준다고 하여 우리는 '호안림(護岸林)'이라고 부른다. 호안림에는 갯버들 같은 작은 나무도 있어야 하지만 웬만한 홍수에는 버틸 수 있는 큰 나무도 필요하다. 사람들은 물가에 잘 자라면서 비교적 뿌리를 깊이 내린 나무들을 찾아냈다. 여러 나무가 있지만 버들 종류가 가장 적합하다. 부들부들하다는 뜻에서 나무 이름이 온 것처럼 버들은 나무 나라에서는 가장 유연성이 높은 나무다. 물살이 아무리 세차도 꺾이지 않고 휘어서 좋다.

　대부분의 버들이 갯버들처럼 땅딸보인 데 비하여 큰 나무로 자라는 버들은 왕버들과 능수버들로 대표된다. 능수버들이 물가의 풍치수로 기능을 주로 했다면, 왕버들은 홍수 때 물이 넘어오는 것을 온몸으로 버텨주는 방패막이 호안림의 나무로 쓰였다. 경북 청송 주산지의 왕버들은 얼마나 나쁜 환경에서도 버틸 수 있는지

물속에서도 살아가는 경북 청송 주산지 왕버들

를 실물로 보여주는 바로미터다. 나무줄기가 거의 물속에 잠긴 채 저수지 가운데서 자란다. 주산지의 트레이드마크, 물속에 자라는 왕버들을 사람들은 참으로 신기해한다.

어떻게 물속에서 살아가는가? 조선 경종 원년(1721) 주산지가 만들어질 때 이 왕버들은 개울가에서 그냥 자라고 있었다. 저수지가 건설되면서 물이 차올라 지금처럼 물속에 잠기게 되자 주위의 다른 나무들은 모두 죽어버리고 왕버들만 살아남았다. 조상으로부터 물에 녹아 있는 산소를 이용할 수 있는 기술을 전수 받은 것이 가장 큰 이유이고, 일 년에 한 번 저수지의 물을 빼내는 짧은 기간을 잘 활용한 지혜도 살아남는 데 큰 보탬이 됐다. 그러나 주산지 왕버들의 삶이 결코 행복한 것은 아니다. 그야말로 죽지 못하여 간신히 살아가고 있는 셈이다. 나무의 나이는 줄잡아도 350살은 된다. 이제 노인나무가 되어 자람 조건이 좋아도 힘들 나인데, 물속에 잠겨 있으니 앞으로의 삶이 그렇게 길지 않으리라고 본다. 죽어버린 나무가 여기저기 눈에 띈다. 살아 있는 왕버들도 겨우 겨우 생명을 부지할 따름이다.

이렇게 하천 변을 자람 터로 삼는 갯버들이나 왕버들과 같은 나무들은, 산꼭대기에서 항상 수분 부족으로 생사의 갈림길을 겪는 다른 나무들에 비하면 얼핏 보아 행복해 보인다. 과유불급이란 말은 나무 나라 백성들에게도 그대로 적용된다. 뿌리도 숨을 쉬어야 하니 물이 너무 많아도 숨 막혀 죽을 지경이다.

우리 땅의 하천 변에는 머나먼 옛날부터 온갖 어려움을 무릅쓴 갯버들과 왕버들을 비롯한 버들이 있어서 사람과 하천을 잇는 가교의 역할을 충실히 해주었다. 이제 땅을 넓히겠다는 사람들의 욕심을 조금 줄이고 '개'는 갯버들의 터로 다시 주어야 할 것 같다. 또둑 높이만 자꾸 올려 쌓는 것만이 능사가 아니다. 호안림이라는 숲을 더 늘려, 하천의 다스림은 자연에게 맡기는 것이 올바른 우리의 선택일 것 같다.

관리 부실로 신음하는
고목나무들

어느 이른 아침 고향에서 이장(里長)을 하는 아저씨뻘 친척이
전화를 했다. 마을 입구의 사백 년 된 당산나무가 속이 다 썩은 채
로 방치되어 있으니 다른 마을처럼 외과수술을 하고 주변도 깔끔
하게 정비하고 싶다는 것이다. 어릴 때부터 봐왔으며 시제를 지낼
때 자동차를 주차하는 곳이라 내가 잘 아는 당산나무다. 이런 고
목나무는 지금의 상태로 가만히 두는 것이 가장 잘 관리를 하는

방법이라고 말씀드렸다. 그 이유가 무엇인지도 나름 열심히 설명 드렸으나 잘 수긍하시는 것 같지 않았다.

몇 년 뒤 만난 당산나무에는 아래에 동그랗게 돌담이 생겼으며, 흙이 채워져 있었다. 뿌리 부분을 두껍게 덮어버린 것이다. 또 도깨비 이야기까지 서려 있던 줄기의 썩은 부분은 인공수지(人工樹脂)를 사용하여 완전히 틀어막아 버렸다. 내 고향뿐 아니라 지금은 전국의 거의 모든 당산나무가 이런 현실이다. 과연 이런 조치가 필요한 것인가?

나무는 일정한 수명을 가진 생물체이다. 아무리 보호에 정성을 쏟아도 태풍에 분질러지고 넘어지며 병충해에 시달리기도 한다. 아울러서 생명체는 자연 수명이 있다. 하지만 과학적인 방법으로 보호 관리를 해나간다면, 보다 건강한 상태로 생명을 연장할 수 있다. 고목나무를 보호하는 기본 원칙은 최대한 자연 상태 그대로를 유지시키는 일이다. 그러나 현실은 불필요하게 손을 대어 수많은 고목나무가 이 순간에도 죽어가고 있다.

첫째는 고목나무 뿌리에다 흙을 덮는 복토(覆土)가 문제다. 일선 행정 기관에서는 보호를 위한 기본적인 조치보다 주민 편의를

속이 비어 있는 느티나무 고목

우레탄 수지로 막아버린 모습

도모한다는 명목으로 주변에다 편의 시설을 설치하기에 여념이 없다. 석축을 쌓아 흙을 채우고 때로는 시멘트로 덮은 후 운동 기구나 의자를 가져다 놓는다. 사실 '북돋우다'는 우리말은 흙으로 뿌리를 덮어주는 것에서 기원한 것이다. 그래서 대부분의 사람들은 나무를 잘 자라게 하는 데는 꼭 흙덮기를 해주어야 한다고 믿고 있다. 그러나 진실은 정반대다. 흙덮기가 오히려 독이 된다. 나무뿌리에서 실제로 영양분을 흡수하는 것은 땅 밑 10~20센티미터에 뻗어 있는 수많은 잔뿌리들인데, 이들은 잎사귀와 마찬가지로 숨을 쉬어야 한다. 흙덮기는 통풍을 방해하여 뿌리 숨쉬기를 못 하도록 숨통을 조이는 결과를 가져온다. 나무는 굵은 뿌리가 울퉁불퉁 노출된 상태 그대로 놔두는 것이 원칙이다.

또 땅 눌림도 나무에 치명적이다. 나무 밑으로 길이 나 있거나 쉼터로 개방되면서 사람들이 너무 많이 출입하여 땅이 다져지는 현상을 어려운 말로 '답압(踏壓)'이라 한다. 흙덮기와 마찬가지로 공기가 잘 통하지 않아 뿌리 숨쉬기를 어렵게 한다.

그 외 고목나무는 대체로 생활공간이 너무 좁다. 특히 땅값 비싼 대도시에서는 정말 손바닥만 한 공간에서 겨우겨우 살아가는 경우가 많다. 생활 오수가 흘러들어 시름시름 죽어가기도 한다. 또 주변의 땅 주인들은 나무가 죽어버리기를 학수고대하고 심한 경우 몰래 독극물을 넣기도 한다.

다음은 나무 외과수술 문제인데, 고목나무의 가운데가 썩어 커다란 구멍이 생긴 안쪽의 썩은 부분을 긁어내고 우레탄 수지로 채워 넣는 것을 말한다. 나무는 부피 생장을 하는 부름켜가 분열한 후 대부분의 세포는 몇 주에서 몇 달이면 죽어버린다. 실제로 아무리 굵은 고목나무라도 모든 세포가 다 살아 있는 실제 생존 부분은 부름켜를 중심으로 너비 1~2센티미터 정도의 고리뿐이다. 따라서 고목나무 속은 썩어서 큰 구멍이 생겨 있더라도 생명에 직접적인 지장은 없다. 심지어 어린이들의 불장난으로 구멍 속을 시꺼멓게 태워버려도 그대로 살아 있다. 그런데 우리나라 고목나무의 대부분은 썩은 부분을 긁어내 버리고 우레탄 수지로 메워 넣기를 했다. 이런 단순한 메워 넣기를 '외과수술'이란 그럴싸한 이름으로 포장해버린다.

고목나무 공동(空洞)의 메워 넣기는 생장에 아무런 도움을 줄 수 없다는 사실이 판명되어, 우리나라 이외의 나라에서는 거의 시행하지 않는다.

　모든 생물체의 상처는 자연 치유가 최선이며 나무라고 다를 리 없다. 특별한 경우를 제외하고 외과수술이란 이름의 고목나무 구멍 메우기는 거의 불필요하다. 그대로 두고 나무가 바람에 넘어지지 않게 받침대를 보강하고 병충해를 방제해주는 것으로 충분하다. 고목나무는 죽는 데 짧게는 3~4년, 길게는 20년이 걸리니 무지함을 알아차렸을 때는 시공업자도 담당공무원도 책임을 따질 시효가 모두 지나버린다.

　이런 고목나무들은 단순히 오래 산 '나무 노인'만은 아니다. 역사와 문화를 간직한 수많은 전설과 이야기가 서려 있다. 고목나무 밑에는 여론 광장이 만들어지며 마을의 대소사가 흔히 여기서 결정되고 대처의 소문이 들어오는 귀가 되기도 한다.

　흔히 우리는 문화재라면 건물이나 탑, 불상 등을 연상한다. 고목나무도 살아 있는 우리의 귀중한 문화재다. 다른 문화재는 훼손되면 복원이 가능하나 고목나무 문화재는 죽으면 영원히 사라지니 더욱 아껴야 한다. 그러나 지금 무관심과 관리 부실로 우리나라 고목나무의 대부분은 신음하고 있다. 산림청은 오래전에 고목나무 보호 관리 업무를 지자체에 이관해버리고 손을 놓은 상태이다. 그러나 효과적인 관리를 하기 위해서는 직접 챙겨야 한다. 가장 먼저 해야 할 일은 정확한 고목나무의 실태 파악이다. 시군과의 행정 라인을 가동하면 지금 당장이라도 고목나무의 실태 조사가 가능하다. 현황 파악이 우선 이루어져야 효과적인 대책을 세울 수 있다. 전국 고목나무들의 '제발 나 좀 살려달라'는 외침이 하루라도 빨리 관계자들에게 크게 들리기를 바란다.

지구 온난화로 만난
뜻밖의 나무

규모에 따라 차이가 있지만 대체로 대학 캠퍼스 안에는 적어도 백여 종 이상의 나무가 자란다. 최근 대학들은 공간을 확장하면서 조경 회사를 통해 나무를 심는다. 같은 조경 회사가 여러 학교에 관여하는 경우가 많아 학교마다 특색은 찾을 수 없고, 조경수로 널리 알려진 평범한 나무들로 채워져 있다.

내가 근무하던 경북대학교도 마찬가지다. 백오십여 종의 비교적 많은 종류의 나무가 자라기 때문에 교목(校木)으로 지정된 감나무 이외에 이야기가 서린 뜻깊은 나무는 떠오르지 않는다.

2000년대 초의 어느 날이었다. 연구실에 앉아 있는데 읽고 있는 책 내용이 통 머릿속에 들어가지 않는다. 이럴 때, 학교 주변 숲 산책이 유일한 탈출구다. 단골 코스를 거쳐 도서관으로 올라가는 고갯길 옆에서 내 키보다 조금 큰 나무 한 그루가 갑자기 환하게 내 눈앞에 나타났다. 온대 지방에서는 만날 수 없는 멀구슬나무였다.

'도대체 이 나무가 어떻게 여기서 자라고 있는 걸까?'

'남해안 여행을 갔다 온 학생의 호주머니에 들어 있다가 우연히 이 자리에 버려진 것인가?'

대학 본부의 조경 담당 직원도 누가 언제 심었는지 모른다고 했다. 새가 씨앗을 옮겨오기에는 너무 먼 거리였다.

누가 심었는지는 중요하지 않았다. 멀구슬나무가 이 자리에 있다는 사실 자체가 놀라웠기 때문이다. 이후 틈날 때마다 이 나무를 찾아가서 알현했다. 그리고 가끔 멀구슬나무에 다가가 멀리 북쪽으로 시집와서 살림살이가 좀 어떤지 진지하게 살펴봤다. 가지나 잎을 아무리 훑어보아도 살림살이에 궁색이라고는 찾아볼 수 없다. 남해안의 고향 친구와 거의 다름없이 잎도 싱싱하고 가지

온대 지방인 경북대 구내에 자라는 멀구슬나무(상)
멀구슬나무 열매(하)

뻗음도 시원시원하다. 한마디로 살림살이가 오히려 나아졌음을 금방 알 수 있었다. 새로운 환경이 결코 나쁘지 않음을 말해주고 있는 증거인 셈이다.

멀구슬나무는 열매로 나무 구슬을 만들었다 하여 부른 '목(木) 구슬나무'가 변해 만들어진 이름이다. 이 나무는 우리나라 남해안, 특히 섬 지방에 걸쳐 자란다. 아름드리에 이를 수 있을 만큼 크게 되고 오동나무 못지않게 빨리 자라면서 재질이 좋다. 남해안 지방에서는 오동나무 대용으로 가구나 악기를 만드는 데도 쓰인다. 잎도 독특하여 2~3회 갈라지는 깃꼴겹잎이고 잎자루 하나에 달린 전체 잎은 큰 잎으로 유명한 오동나무, 팔손이나무, 떡갈나무보다 훨씬 크다. 그러나 멀구슬나무의 매력 포인트는 아무래도 꽃이다. 봄꽃이 모두 지고 모감주나무나 배롱나무와 같은 여름 꽃은 아직 피지 않은 6월 초에 멀구슬나무는 자잘한 연보라 꽃 수십 개가 모여 초록색 잎사귀 사이사이에 얼굴을 내민다.

옛사람들의 시에도 등장한다. 다산 정약용 선생은 전남 강진에서 귀양살이할 때 쓴 시에서 '비 갠 방죽에 서늘한 기운 몰려오고/ 멀구슬나무 꽃바람 멎고 나니 해가 처음 길어지네/ 보리이삭 밤사이 부쩍 자라서/ 들 언덕엔 초록빛이 무색해졌네'라고 했다. 꽃이 언제 어떻게 피는지를 잘 설명하고 있다. 식물학을 공부하지 않았어도 옛사람들의 예리한 통찰력에 감탄한다.

캠퍼스에서의 멀구슬나무와의 만남은 내가 알고 있는 식물학 상식을 단번에 뒤엎어버렸다. 그는 원래 따가운 햇살에 적당히 자기 몸을 달궈가면서 자라기를 좋아하는 아열대의 나무다. 이 나무와 비슷한 종류인 '인도멀구슬나무(neem tree)'는 인도의 약용나무로 이름을 떨칠 만큼 아열대의 친숙한 나무들 중의 하나다. 그래서 우리나라 남해안은 이 나무가 자랄 수 있는 북방한계선에 해당한다. 적어도 수백 킬로미터는 북쪽으로 올라온 곳에서 멀구슬나무를 만날 수 있다는 사실을 통해, 막연히 말로만 듣던 지구 온난화의 현장을 직접 보고 느낀 셈이다.

인상 깊었던 만남은 또 있었다. 그리스에 여행 갔을 때, 기둥만 남은 신전 앞에 홀로 서 있는 멀구슬나무를 만난 것이다. 한창 꽃이 만개한 시기라 아름다움이 절정일 때이기도 하지만 머나먼 그리스의 황량한 유적지에서 친숙한 멀구슬나무를 만났다는 사실 자체가 즐거움이었다. 아시아에서 유럽까지 멀구슬나무의 분포

그리스 신전 터에 자라는 멀구슬나무

범위는 이렇게 넓다.

　나는 퇴임 후 가끔 학교에 들를 때마다 꼭 멀구슬나무를 찾아가서 안부를 확인한다. 이제는 한 뼘 굵기에 이를 만큼 제법 굵은 나무가 되어 당당히 숲 속의 일원이 되어 있다. 오래오래 살아남아서 지구 온난화의 작은 증거물로 우리에게 경종을 울려주었으면 한다. 캠퍼스에는 멀구슬나무 외에도 남해안이나 제주도에 자란다는 난대 지방 나무들이 여기저기서 얼굴을 내밀고 있었다.

원래 중부 지방에는 겨울이면 잎이 떨어져버리는 갈잎나무가 많았다. 하지만 지금은 겨울에도 낙엽이 지지 않고 윤기가 반지르르한 잎을 달고 있는 난대 나무들이 많이 자란다. 종가시나무, 광나무, 목서, 아왜나무, 동백나무, 치자나무 등 십여 종이 금방 눈에 띈다. 모두 삼사십 년 전만 해도 중부 지방에서는 추워서 심을 수 없던 나무들이다.

최근 한 연구 기관에서 예상한 지구 온난화에 따른 한반도의 기후 변화를 보면, 100년 뒤에는 한반도의 평균기온이 약 2.1도 올라간다고 한다. 그리고 서울과 부산을 비롯한 우리나라 대도시의 현재 평균기온은 30년 전보다 약 1.5~2.5도 더 올랐다고 한다. 까짓 평균기온 1~2도가 뭐 대수냐고 할 수도 있을 것이다. 그러나 0.1도 차이로 어떤 생물은 멸종 위기를 맞을 만큼 생명체는 온도에 민감하다. 우리가 느끼지 못하는 사이 식물은 지구의 온도 변화를 감지하고 서서히 적응해가고 있다. 이런 상태로 온난화가 계속되면 우리가 좋아하는 소나무는 머지않아 자취를 감추어버릴 것이고, 만산홍엽(滿山紅葉)이라고 즐겨 찾던 아름다운 단풍도 북한 땅이나 올라가야 만날 수 있을지 모른다. 다산이 읊조리던 그 멀구슬나무를 온대 지방에서 만날 수 있다는 기쁨은 잠시다. 수천 년을 살아온 오늘의 우리 터전에서 우리 몸 하나 적응할 기회를 미처 만들지도 못할 만큼 온난화가 빨리 와버리지 않기를 바랄 따름이다.

나무가 가진
천목천색(千木千色)의 매력

심심찮게 나무 답사나 특강을 의뢰 받는다. 그때마다 내가 단골
로 받는 질문이 있다.

'좋아하는 나무가 무엇이에요?'

평생 만나온 수많은 나무들 중에 어느 나무를 좋아했는지 순간
적으로 잠시 당황한다. 사람마다 취향이 다르니 내가 좋아한다고
다른 분들도 다 좋아하지는 않을 것이다.

'나무는 느티나무, 꽃은 모감주나무 꽃입니다'라고 나무와 꽃을 나누어 대답한다.

느티나무는 사실 내가 좋아할 뿐 아니라 닮고 싶은 나무다. 느티나무와의 첫 만남은 대학 다닐 때 선배의 고향 집으로 농촌봉사활동을 갔을 때 있었다. 버스에서 내려 한참을 터덜터덜 걸어가니 멀리 마을이 보였다. 선배는 자기가 태어난 고향이라고 일러준다. 하지만 우리들 눈에 먼저 들어온 것은 커다란 느티나무였다. 가까이 갈수록 어마어마한 크기에 놀랐지만 우리를 위압할 정도는 아니었다. 오히려 넉넉한 품안에 포근히 안기고 싶을 만큼 정겹게 다가왔다. 나무 밑에서 밀짚모자에 수건을 목에 두르고 앉아 있던 마을 아저씨들이 우리를 반갑게 맞아준다. 일주일 남짓 머무는 동안 말이 봉사지 우리는 서울서 온 손님으로 대접만 받아서 지금 생각해도 죄송스럽다. 마을 분들은 모두 넉넉한 느티나무의 품만큼이나 인자하고 친절하셨다. 이후 나는 느티나무 팬이 됐다. 나이가 한참 들어 고목나무 답사를 시작한 계기도 농촌봉사활동에서 처음 만난 느티나무 고목의 강력한 인상이 크게 영향을 미쳤다.

2008년 가을 문화재청 천연기념물과에서 연락이 왔다. 2009년

장군나무라는 별칭을 가진 전남 장성 단전리 느티나무

달력을 만드는 데 들어갈 느티나무 사진을 넣고 싶다는 부탁이었
다. 문화재청 달력이니 그냥 모양새만 근사한 사진을 간택할 수는
없었다. 나무와 얽힌 역사와 문화가 있어야 했다. 그동안 봐온 수

많은 느티나무를 떠올리면서 며칠 동안 내 컴퓨터를 뒤졌다. 마지막 낙점은 장성 백양사 앞 단전리 느티나무(천연기념물 478호)였다. 단풍이 조금씩 물들어 맑고 깨끗함이 아직 남아 있는 10월 말경 오직 나무 하나를 만나기 위하여 내가 사는 대구에서 220킬로미터를 달려갔다.

크기부터 주변을 압도한다. 높이 20미터, 가슴높이 둘레 10.5미터로서 어른 일곱이 팔을 벌려야 안을 수 있는 굵기다. 우리나라 느티나무 중 가장 굵은 나무로 알려져 있다. 아래부터 다섯 가지로 갈라져 아름다운 원뿔 모양을 이루고 있다. 썩은 부분을 거의 찾을 수 없을 만큼 줄기가 건강하고 자람 상태가 좋다.

마을을 지켜주는 신목(神木)이고 당산목이면서 '장군나무'라는 특별한 이름을 가지고 있다. 임진왜란이 일어나자 이 마을 출신 김충남 형제가 이순신 장군의 휘하로 들어가 왜적과 싸우다 전사한다. 느티나무는 마을 사람들이 두 형제를 기념하기 위해 심었는데, 나무는 그들의 의연한 기상을 물려받은 듯 무럭무럭 잘 자라 이름에 어울리게 오늘의 웅장한 모습이 됐다. 임진왜란 때 심은 나무이니 나이는 사백 살이 넘었다.

느티나무는 예부터 흔하면서 쓰임이 넓었다. 살아서는 마을 지킴이 당산나무로서 넉넉함을 베풀어준다. 죽어서는 육신을 고스란히 우리에게 바친다. 경주 천마총의 관재, 부석사 무량수전 기둥, 전통가구 등 느티나무로 만들어진 문화재는 수를 헤아릴 수 없을 만큼 많다.

모감주나무는 잘 알려진 나무가 아니다. 예전에는 안면도·완도·거제도·포항의 바닷가와 대구와 충북 월악산 정도에서만 자랐는데, 지금은 조경수로 흔히 심어서 전국 어디서나 만날 수 있다. 큰 나무는 아니고 높이 4~6미터 정도가 고작인 중간 키 나무다. 평범한 숲 속의 나무로 평소에 주목을 받지 못하지만 꽃이 필 때면 우리의 눈이 황홀해진다. 초여름 날 왕관을 장식하는 깃털처럼 우아하게 꽃대를 타고 올라온 자그마한 꽃들이 샛노랗게 줄줄이 핀다. 마치 동화 속의 황금 궁전처럼 고고한 금빛에 가깝다. 그래서 서양 사람들은 영명으로 'golden rain tree(황금비나무)'라 불렀다. 한창 꽃이 만발하였을 때는 말 그대로 황금의 비가 내리는 것 같다고 하여 붙여진 이름이다.

매년 7월 초가 되면 나는 모감주나무 꽃 보러 갈 생각에 마음이 조금 들뜬다. 태안반도의 턱수염처럼 매달린 섬, 좁고 가느다란 안

무리 지어 핀 모감주나무 꽃

면도의 방포 해수욕장으로 들어가는 입구, 젓개라는 작은 포구의 옛 갯마을에는 천연기념물 138호로 지정된 모감주나무 수백 그루가 숲을 이루고 있다. 꽃은 무리 지어 필 때가 가장 아름답다. 주변에 4~5층 높이의 식당 건물이 있어서 사진발도 잘 받는다. 꽃이 이 주 남짓 피었다가 지면 세모꼴 초롱 모양의 열매가 앙증맞게 달려 여름이 짙어가면서 크기를 부풀려간다. 안에는 굵은 콩 크기의 윤기가 자르르한 씨앗이 들어 있다. 완전히 익으면 돌처럼 단단해지고 망치로 두들겨야 깨질 정도다. 염주의 재료로 안성맞춤이다.

우리 주변에 흔히 만나는 나무 중 하나를 지정하여 '당신을 가장 좋아하오'라고 말하기에는 나머지 나무들에게 너무 미안하다. 나무는 백인백색(百人百色)이 아니라 천목천색(千木千色)의 매력을 가지고 있기 때문이다. 어떤 관점에서 어떤 마음으로 보느냐에 따라 차이가 있을 뿐 싫어하는 나무는 없다. 우리는 살아가면서 수많은 사람을 만난다. 나무처럼 사람을 본다면 색깔만 다를 뿐 잘못된 만남, 괴로운 만남, 두 번 다시 마주치고 싶지 않은 만남은 없을 것 같다.

나무 탐독

1판 1쇄 발행 2015년 11월 6일
1판 2쇄 발행 2020년 7월 10일

지은이 박상진
펴낸이 김성구

단행본부 류현수 고혁 현미나
디자인 이영민
제 작 신태섭
마케팅 최윤호 나길훈 이서윤
관 리 노신영

펴낸곳 (주)샘터사
등 록 2001년 10월 15일 제1-2923호
주 소 서울시 종로구 창경궁로35길 26 2층 (03076)
전 화 02-763-8965 (단행본부) 02-763-8966 (마케팅부)
팩 스 02-3672-1873 **이메일** book@isamtoh.com **홈페이지** www.isamtoh.com

ISBN 978-89-464-2010-6 03810

이 도서의 국립중앙도서관 출판예정도서목록(CIP)은 서지정보유통지원시스템 홈페이지(http://seoji.nl.go.kr)와 국가
자료공동목록시스템(http://www.nl.go.kr/kolisnet)에서 이용하실 수 있습니다.(CIP제어번호: CIP2015028923)

값은 뒤표지에 있습니다.
잘못 만들어진 책은 구입처에서 교환해 드립니다.